Mamãe me adora

Luís Capucho

Mamãe me adora

1ª Edição

VERMELHO MARINHO

Edições da Madrugada

Rio de Janeiro

2012

Representado por AMS Agenciamento Artístico, Cultural e Literário Ltda.

Título Original: Mamãe me adora

Editor-chefe:
Tomaz Adour

Revisão:
Sonia Camara

Editoração Eletrônica:
Juliana Albuquerque

Capa:
Rachel Braga

Texto revisado segundo o novo Acordo Ortográfico da Língua Portuguesa.

C255m Capucho, Luís
Mamãe me adora / Luís Capucho.
Rio de Janeiro: Vermelho Marinho, 2012.
120 p; 14x21 cm.

ISBN: 978-85-64298-76-7

1. Literatura Brasileira. 2. Ficção. I. Título.
CDD: 808.3
CDU: 821.134.3-3

EDITORA VERMELHO MARINHO USINA DE LETRAS LTDA
Rio de Janeiro – Departamento Editorial:
Rua Olga, 152 – Loja B – Bonsucesso – Rio de Janeiro - RJ
CEP: 21041-140
www.vermelhomarinho.com.br

O mar, misterioso mar
Que vem do horizonte
É o berço das sereias
Lendário e fascinante
Olha o canto da sereia
Ialaô, Okê, Laloá
Em noite de lua cheia
Ouço a sereia cantar
E o luar sorrindo
Então se encanta
Com a doce melodia
Os madrigais vão despertar

Ela mora no mar
Ela brinca na areia
No balanço das ondas
A paz ela semeia

Toda a corte engalanada
Transformando o mar em flor
Vê o Império enamorado
Chegar à morada do amor

Oguntê, Marabô
Caiala e Sobá
Oloxum, Inaê
Janaína e Iemanjá
(São rainhas do mar...)

A Lenda das Sereias e os Mistérios do Mar
(Vicente Matos, Dinoel Sampaio e Arlindo Velloso).

Aniversário de mamãe!

Está um dia lindo de sol de inverno. Este ano, mamãe completa 75 anos.

Tininha, a gata da vizinha, entrou silenciosa pela janela da sala. Ficou com mamãe e assistiram televisão.

A gata, ao pé do sofá, postou-se, sonolenta, e ficou, apenas, a modo de companhia, porque mamãe é quem via a tevê, entretida, envolvida.

Seu envolvimento com a tevê, sua distração, entretanto, por mais que seja, nunca é a ponto de ter maior interesse para si do que o interesse que tem nas coisas que, acaso, possam vir a acontecer na dimensão da vida de verdade, a vida que entra por nossa sala e que se desenrola com o passar do dia.

Eu é que, às vezes, envolvido nos episódios, unicamente, de minha cabeça, me irrito, se as coisas, fora de mim, chamam por minha atenção.

Mamãe, não.

Está sempre disposta a um vizinho que entre, a algo que, de repente, precise fazer, a uma criança que chegue, enfim, a alguma interrupção que lhe aconteça no fluxo continuado das coisas que lhe são interiores, e que advindas da televisão, passam-lhe pelo espírito.

Dessa forma, na sala, cheia de graça, com a dimensão mesma que a vida tem e, com Tininha a seus pés, sem nenhum outro acontecimento que lhes interrompam, iluminadas, veem a novela da tarde.

Minha casa, toda ela, é muito clara, tem muita luz.

É uma casa aberta para o céu.

Daí, que tem brisa e calor, se faz calor.

E frio, se frio.

E fica no fundo de um vale.

Por isso, a luz que bate nas telhas, e que entra pelas portas e janelas, é uma luz tumultuada, porque, por tabela, reverbera das colinas que nos cercam.

Entre as árvores dessas colinas, pelos barrancos, barracos de alvenaria, a cada dia, são construídos. E minha rua, abaixo, no vale, é um escoadouro de gente.

Do cume desses montes que nos ladeiam, saem caminhos perpendiculares e que lhe passam de través. Esses braços de ruelas, afundados, de quando em quando, no meu vale e enganchados em minha rua, depois que a atravessam, voltam-se, outra vez, para o alto, e saem em outros caminhos mais alargados nos altos dos morros, por onde a cidade continua, em seu circuito ininterrupto.

Meu bairro, onde moro, comporta apenas esse apertado perímetro de cidade adentrado no vão entre os montes, longo e sem saída, porque as vielas que se cruzam nele e que se voltam para o morro, não permitem o trânsito de automóveis.

Minha rua desenha-se no chão, vale abaixo, como um desenho de espinha, e o bairro, então, se parece com um esqueleto de tatu com muitas pernas ou um esqueleto de gambá com muitas pernas ou outro esqueleto de bicho qualquer com muitas pernas, por exemplo, uma centopeia, que deitada de costas no chão, estivesse com elas todas voltadas para o céu.

Se deixarmos para trás o bicho de meu bairro com suas muitas pernas abertas para o ar, enfiamo-nos dentro do bairro de Icaraí, onde encontramos muitas lojas elegantes e, luxuosos, altos edifícios, à beira do mar.

Não obstante, a proximidade e o contato com um bairro mais chique de zona sul, o meu bicho de pernas para cima guarda ainda um grande jeito de subúrbio, de periferia, pois que, há o gosto por gaiolas penduradas nas janelas das casas, quintais com árvores frutíferas, pessoas que chamam alto, de quando em vez, umas pelas outras, com gritos que ecoam, longe, no morro. Há bichos insolentes atravessando a rua, cavalos, porcos vira-latas... e pardais que gritam, interminavelmente, e rolinhas passeando pelo nosso céu, por todo o dia.

Em minha casa, na janela de nossa sala, coloquei uma pirâmide pequena e cristalina. Uma pirâmide prismática, de um material translúcido como vidro, que está sempre a cintilar na luz dos dias. Centelhas de luz vindas dela, em determinados horários das manhãs abertas de sol, ficam refletidas nas paredes e a casa fica, por dentro, lustrosa como se fora metálica.

- É para dar sorte – mamãe diz.

Já morei em outras casas sem luz, onde a penumbra, as sombras que se formavam e que se evoluíam, por dentro delas, davam a ideia de coisas escondidas, de preciosidades que se malocavam na meia-luz e que poderiam ser surpreendidas a qualquer busca. Mas nesta minha casa, no fundo do vale, a claridade não deixa que os segredos sedimentem-se pelos cantos. Escoam logo para a rua e todos ficam comentando, sem nenhuma necessidade de busca, de bisbilhotice.

Eu é que não ligo.Eu é que nem sei.

Não me interessa e não importa.

Toda manhã, quando acordo, antes de abrir a cortina que me esconde do terceiro andar, os pardais de meu bairro, em torno a minha casa, estão gritando.

Dizem que as estrelas, quando aparecem no céu de algum lugar, têm um barulho.

Assim, um céu incrustado de estrelas, um céu que tenha uma crosta de estrelas brilhantes, deve ter um barulho como este, antes de abrir a cortina que me esconde do terceiro andar, um barulho de pardais gritando no céu de meu bairro, em torno a minha casa. Este céu cristalino de pardais gritando, quando acordo pela manhã.

Minha casa, um sobrado nos fundos do prediozinho de três andares, tem no seu lado direito, mas atrás, uma área, que funciona como varanda. Por uma questão de economia e por haver muito mais pessoas no mundo de agora do que antigamente havia, instalou-se a democracia nas casas, podendo esse cômodo, ser qualquer coisa, inclusive dormitório, nas noites amenas de calor.

E mamãe cultivou o hábito de colocar, ali, uma bandeja de canjiquinha, ao lado de uma tigela com água, a que ela chama coité de água para os ditos pardais que gritam como estrelas matutinas, quando acordo.

Outros pássaros, durante o dia, vêm filar a boia dos pardais. Entre eles, principalmente, rolinhas que em meu bairro há muitas.

- Os passarinhos são as galinhas de Deus – mamãe diz.

E, então, alojou-se na cumeeira dessa nossa varanda, na madeira sob as telhas de amianto, uma rolinha com seu ninho e dois filhotes.

Eu pensei e disse para mamãe:

- Poxa vida, mãe! Que bom agouro e que bons fluidos para o ano de 2005 a rolinha trouxe pra gente!

Mas Zoraide, que veio ajudá-la na arrumação da casa, achou tão bonitinho, tão delicado e fofo o ninho com a rolinha e seus filhotes que ficou botando a mão, fazendo carinho, incomodando.

Aí, mamãe disse:

- Não bote a mão, Zoraide, senão ela vai embora!

E, hoje, ela já não está lá!

****

Nos domingos, nas tardes em que fico à toa em casa, deitado, do sofá de minha sala e vendo o sol inclinado a espraiar-se sobre as árvores e telhados de minha rua, gosto de ficar olhando, em meio aos seus gritos, os pardais que de sobre o edifício de três andares à frente de meu sobrado, mergulham no corredor de entrada até ao muro de uma casa vizinha, e ainda outros, que dos fios elétricos ou sobre os postes da rua em frente, inclinam-se voando na luz azul dourada dessa hora, quase como a se suspenderem retos, flutuando, para os vãos das telhas, onde fazem seus ninhos.

Por ali, sobre o beiral do prédio, eles parecem correr muito rápidos, de um canto a outro das telhas e namoram e brigam ou saem, abaixo dele, muito próximos à parede, no ar, em voos curtos, simultâneos e concêntricos para, de novo, pousarem no mesmo lugar, acima do beiral, onde estavam ou, então, entrarem nos ninhos, sob as telhas, onde não os vejo mais.

Estes pequenos voos circulares, diferentes de quando correm retos pelas telhas, são mais lentos e é um momento de grande prazer para mim, ver que os pardais nessa luz, correndo elétricos ou voando na beirada do telhado, e pairando sem força, brandos, para pousarem suaves, outra vez, ou sumirem nas curvas simétricas das beirinhas das telhas, são tão lindos, são tão delicados.

Neste horário, mamãe, comumente, aproveita para descansar em seu quarto, ventilador ligado, cochilando no vento.

De sua janela, que dá para a varanda, avistam-se outros telhados de nossos vizinhos de quarteirão, que têm a entrada de suas casas, numa rua atrás e paralela à nossa, rente à subida do morro.

Enquanto mamãe cochila, cachorros latem, ao longe, na tarde.

Galos cantam, longe, em meio à gritaria deles, dos pardais. Crianças gritam de longe.

Rapazes chamam, assoviam, na tarde. Sempre longe.

Nesta nossa varanda, com a janela para o quarto de mamãe, à direita da casa, nos fundos do sobrado, sentados à mesa, é que tomamos nosso café da manhã, almoçamos, ou que lanchamos à tarde.

Não jantamos nela. Preferimos a sala para isso, quando vemos novela, no sofá.

Ainda outro dia, estava uma tarde chocha, quando eu e mamãe tomávamos café na área e as rolinhas começaram a vir para a comida, na estante dos entulhos que beira o muro. Um e outro pardal, naquela hora entre elas, também vieram ciscar na canjica.

- Olha, Luís! - mamãe mostrou quando chegaram aterrissando barulhentas entre o coité d'água e a vasilha de canjiquinha. - Tenho que ter sempre alimentação para elas. Quando não tem, elas vêm atrás de mim. Entram pela casa e onde eu estiver: no quarto, na sala, onde for, vêm atrás, como quem reclama.

- Que coisa, né? Como é que elas sabem? - eu disse e me lembrei do homem que aos sábados, num banco da calçada do centro da cidade, com muitas rolinhas em torno de si, sobre si, faz com que elas comam em sua mão.

Então, falei:

- Sabe, hoje em dia, com a propagação da ideia de proteção aos animais, chegará o dia em que vai haver tanta rolinha por aqui, que vai ser um horror!

- É mesmo ! - mamãe disse. - E vão ter que dar um jeito de tratar delas!

Então, sorri:

- Vão dar um jeito de matar um pouco! – e, dessa vez, mamãe foi decisiva:

- Não, não pode! – e ficamos em silêncio olhando-as em alvoroço espremendo-se por sobre onde estava a canjica...

****

Há, porém, outras tardes, em que ficamos, eu e ela, sentados em nossa sala, vendo, juntos, o tempo passar, tevê ligada e, a exemplo dos pardais, as filhazinhas de nossos vizinhos juntarem-se no corredor de entrada para suas brincadeiras de meninas.

Ficam a brincar no chão, os pássaros em torno, no céu, e, nesse dia, de repente, uma delas subiu nossa escada esbaforida e, em nossa sala, estacou a nossa frente, com uma corda presa atrás, no short, servindo-lhe de rabo.

Ela ficou em nossa frente, com aquele rabo, magrelinha, infantil, em pose de chacrete e disse:

- Eu vim imitar o capeta pra vocês verem... - e começou. Seus olhos se reviravam e ela se contorcia dançando, possuída, dominada.

Mamãe perguntou:

- Onde você viu o capeta fazer isso, menina?

- Eu não vi. Estou inventando – e continuou a contorcer-se e a revirar os olhos.

Eu caí na gargalhada, enquanto lá embaixo, outra menina chorava, porque sua amiguinha não queria fingir ser sua mãe.

Disse choramingando:

- Poxa, você prefere que o capeta seja sua filha do que eu – aí, a menina que veio imitar o capeta em nossa sala, desceu a escada abanando o rabo e foi ser a filha na brincadeira delas, no corredor, debaixo dos pardais.

E, hoje, a gata Tininha, não ficou por muito tempo com mamãe a ver televisão. Logo saiu distraída e foi pra os telhados da vizinhança, sobre os quais pardais também gritam.

Mamãe disse:

- Os passarinhos e as crianças estão agitados. É capaz de chover.

- Eles estão sempre agitados, mãe, não há nada de especial nisso – eu disse.

Mas um pouco mais tarde, o dia, realmente, embruscou.

****

Usei bengala até o ano de 2000.

Assim que comecei com as aulas de natação, meu equilíbrio se restabeleceu de tal maneira, que mesmo que eu ainda cambasse um pouco para o lado esquerdo, abandonei seu uso e comecei a sair de casa sem ela.

Antes que, com seu auxílio, eu começasse a sair sozinho e assim que, na sala, comecei a conseguir equilibrar-me de pé, no chão, mamãe, quando dava a noite, porque eu não queria ser visto estropiado como estava, saía comigo para caminhar até a esquina.

Nervosa, ela dizia:

- Você não pode ficar o dia inteiro prostrado nesse sofá, cochilando, meu filho!

Íamos e voltávamos umas três ou quatro vezes e logo entrávamos em casa, como se fugíssemos.

Claro que éramos vistos pelos que ainda passavam na rua àquela hora, mas procurávamos passar, o mais das vezes, nos escuros que ficavam às grandes sombras das amendoeiras, sob os postes de luz levantados na calçada, de ponto a ponto da rua.

Por mais de um mês, treinamos assim.

Naquela época, meus passos, muito frouxos e imprecisos, tentavam acertar-se no equilíbrio de mamãe, que andava bem devagar a minha frente e que me escorava mantendo-me a mão num de seus ombros.

Depois do tempo de um mês, porque uns amigos presentearam-me com bengalas, então, eu as escolhia à revelia para essas caminhadas noturnas com mamãe.

Com a bengala, andávamos um pouco mais, dávamos uma volta inteira pelo quarteirão, e sempre procurando as sombras mais escuras das amendoeiras à beira da calçada, para que assim, fôssemos pouco notados.

Aos poucos, meu equilíbrio foi se restabelecendo e, com as caminhadas, minha marcha também, aos poucos, se refazia.

Por fim, algum tempo depois, habituei-me a sair de casa, só, aos domingos.

Passava tardes inteiras de um domingo, sentado num banco de praça do centro da cidade, a bengala encostada a meu lado, apreciando o movimento das pessoas a ir para os pontos de ônibus, atravessando a rua, entrando e saindo n'algum boteco aberto.

Eu via bandos de moleques que voltavam da praia, via os mendigos que, entre as outras pessoas, caminhavam mais devagar e que, às vezes, sentavam-se noutro banco próximo ao que eu estava.

Ficava assistindo aos hippies, que eram também como mendigos, com a diferença única de terem toalhas negras estendidas no chão, onde expunham bijuterias para os que, acaso, quisessem comprar.

E, sentado ali, quieto, eu ficava apreciando muita gente louca que passava no domingo, muita gente estranha. Eu reconhecia, pelo jeito como andavam entre os outros, muitos veados como eu, bandidos, ficava olhando tudo, muito curioso, a ver a tarde indo embora com eles.

Quando a noite caía, cansado, sem ter mais o que fazer, eu também voltava para casa.

Eu mais olhava do que era olhado.

Sentia-me, confortavelmente, invisível em meio aos outros. Sabia que minhas sequelas tinham me deslocado, definitivamente, do mundo mais vulgar e comum em que vivemos, para um outro mundo fora, um outro mundo em que eu não participava com o resto das pessoas, senão como expectador.

Aos poucos, eu entendia que, embora eu me restabelecesse a cada dia, nada mais era como tinha sido antes.

Assim mesmo, nos finais de semana em que parado num banco de praça, assistia à vida da cidade, eu sabia que não era o fim e que eu não estava estacionado. Entusiasmava-me com os pequenos avanços de melhora que eu estava, muito aos poucos, conseguindo. Sabia que eu melhorava amiúde, por exemplo: já saía de casa sozinho. Com isso, mamãe também se entusiasmava e estimulava-me em minhas saídas solitárias.

Mas somente quando as outras pessoas começaram a me ver e, à medida em que eu sentia, sentado na praça, que elas se aproximavam, pedindo-me informações ou, simplesmente, me olhando, é que a certeza de meus avanços se confirmava e que, de verdade, eu ficava empolgado.

Eu me animava, porque sentia estar retornando ao movimento da vida e entrando no mundo outra vez. Era glorioso.

Naquele domingo sentou-se um homem preto num banco vazio ao lado do banco em que eu estava. Estava de short, camiseta e chinelo de dedo.

Dobrando o joelho quase à altura do peito, colocou um dos seus pés, descalço, sobre o banco, colado na bunda. Com esse movimento, o pano de seu short ajustou-se totalmente a seus músculos desse lado do corpo, mas a outra perna, solta no ar, adiante do banco em que ele estava e, solta nos panos firmes da outra perna do short, livre, fazia movimentos muito curtos e rápidos, balançava, de um lado para o outro.

Esse movimento era, ao mesmo tempo, instigante e tranquilo. Ele estava bem, pensei comigo.

Reparei nos dedos de seus pés grandes, unhas redondas e cortadas justas. E fiquei olhando para aquela sua perna enorme, com a carne mulata e sem muitos pelos que vibrava no ar.

O homem, que devia ter, mais ou menos, a mesma idade que eu, era um desses homens que, olhando para sua cara, sabemos ser generosos e bons. Não se importou com o meu olhar atrevido, o meu olhar inevitável e cego de tesão na sua coxa, instigado.

Eu tornava a sua bela perna, muito mais linda do que ela era, com o meu olhar fixo, acintoso, e ele assentia em ser olhado, mantendo-se simpático em sua fisionomia de homem tranquilo.

Olhando-me, ele disse:

- Tirei umas fotos pra serem reveladas, andei pesquisando os preços...- e ficou falando de preços, de dinheiro. Eu continuava magnetizado por sua perna. E seu jeito bom, fazia com que não me importasse em continuar.

Num momento, enquanto ele falava, vi que seus dentes da arcada superior estavam negros, os dianteiros, próximos à gengiva, apodrecidos.

O homem, de perna e dedos dos pés grandes, tinha um jeito confiável, não me parecia capaz de gestos violentos e repentinos, não era, assim, um assassino, como, depois, pude ver, muito à vontade, no minúsculo, vermelho e pobre quarto de hotel, onde fiquei, espremido entre a cama de casal e a porta trancada, maravilhado a sua frente e quando, sentado sobre a cama forrada, ele tirou sua bermuda para que eu o visse.

Quando ele arrastou bermuda e cueca para os joelhos, entre as suas grandes pernas escuras, estava deitado, sobre o fofo e maciço saco muito liso, um caralho imenso e macio, que eu fiz crescer muito mais do que o tamanho que tinha, cheirando gostosamente a grande concentração de pentelhos, um tufo de pentelhos muito crespos, concentrados em seu púbis, abaixo do umbigo, e, descendo a minha cabeça um pouco mais, ali mesmo, com ele sentado na cama, fiz seu pau ficar duro, passando minha língua sobre sua pequena glande morena, meio encoberta de pele.

Ele manteve-se em silêncio por todo o tempo em que estivemos no estreito do quarto, que as paredes vermelhas abafavam, e deixou-me à vontade ante sua presença pelada de homem macho, bem macho.

Eu tinha minha bengala encostada num canto, entre as paredes do quarto e, quando acabamos, dei-lhe o dinheiro relativo a uma revelação de filme de fotos e ficamos de nos encontrar n'outras vezes.

Quando saímos do mísero hotel à rua, feliz, entre as outras pessoas que passavam, quase rodopiando à volta de minha bengala, perguntei:

- Se eu estivesse com Aids, você, mesmo assim, transaria comigo? - e assim como esse homem não se importara com minha bengala, não se importava também com minha voz estranha, rouca, arrastada, lenta, como a de um débil.

Apenas disse:

- Sim. Não usamos camisinha? Então, tá tudo bem - ele falou tranquilamente. E andamos juntos até o ponto de meu ônibus, onde nos despedimos.

****

Comedido, desci a escada de minha casa e fui pelo corredor que ladeia o prediozinho à frente de meu sobrado. Em silêncio passei pelas meninas que brincavam e segui andando rua abaixo.

Os passarinhos voando pelo céu da rua pousavam nos fios elétricos, nas árvores, e os cachorros pelos quintais, dentro dos portões das casas, olhavam. O sol brilhava no chão da rua, mas pelos cantos, nos morros sobre o vale, nuvens de inverno cresciam.

Eu estava orgulhoso, porque me sentia sendo olhado por alguém que passou. Alguém na esquina, alguém na porta de um boteco, me olhou. Outras poucas pessoas me olharam ao passar na rua, meio cambando, meio aprumado, sem bengala, e isso me fazia ficar cheio de orgulho.

Logo no outro quarteirão, cheguei na casa onde havia encomendado uma torta salgada para comemorar os 75 anos de mamãe.

Bati palmas.

Apareceu na janela uma senhora e disse:

- Pode entrar, o portão está aberto - entrei.

- Não tem cachorro?

- Não. Pode entrar.

Atravessei um pequeno pomar com pé de romã, pitanga, amora e entrei por uma porta que encontrei semi-aberta.

Por detrás do balcão de uma imensa cozinha, a senhora, sempre simpática, sorridente, depois de pegar de minha mão, um papel de comprovação de pagamento e identificação, encontrou numa geladeira a torta para trinta pessoas que eu havia encomendado, encaixotou-a sobre uma mesa e me entregou.

Saí de lá, vaidoso, com a caixa em meus braços, como quem levasse um bebê, feliz por caminhar na rua e feliz pelos 75 anos de mamãe.

Em casa, coloquei a torta fora da caixa e a enfiei na geladeira.

Fui para nossa varanda e comecei a prepará-la para, em pouco, receber algum vizinhos que mamãe tivesse convidado para comemorar o seu aniversário.

Enchi muitas bolas de soprar e fiz cachos coloridos delas, que pendurei pelos cantos das paredes, amarrados nas vigas do telhado. Coloquei uma toalha de renda branca sobre a mesa, afastei o banco para a beirada do muro, ajeitei umas cadeiras.

Um sol cálido de inverno que ainda restava entre as nuvens trabalhava ameno, manso, sobre os telhados próximos, que se viam de nossa varanda.

A tarde estava, mesmo, a se embruscar.

O céu acinzentava.

A temperatura esfriava.

Os passarinhos gritavam.

Nenhum rádio ligado.

Nenhuma música.

Saí outra vez para comprar refrigerante no bar lá fora, na rua, mas na direção de nossa casa.

Quando voltei com os refrigerantes, uma das meninas que brincavam no corredor, sob os pardais, perguntou:

- Vai ter festa, hoje?

- Sim, aniversário de mamãe. Depois, vá lá – ordenei.

- Tá bom. Depois vou – ela disse e subi minha escada.

Foi ficando noitinha.

Mamãe de banho tomado, fresca, na sala, esperava por seus convidados.

Sentei-me a seu lado e fiquei.

Não choveu.

Esfriou.

O primeiro dos convidados a chegar foi nossa vizinha, a dona de Tininha, a gata. Ela estava com visitas em casa (seu irmão com a família: esposa, filhos e netos), e as trouxe para a festinha. Nossa sala encheu-se de gente pelos sofás a ver televisão, novela.

Depois chegaram mais duas outras convidadas, também nossas vizinhas, mais ou menos da mesma idade que mamãe, e se aquietaram, juntas, duas senhoras muito magras, cabelos brancos num coque preso atrás, na nuca, espremidas, em meio aos outros, na sala, vendo tevê.

Minha tia, irmã de mamãe, veio com uma de suas filhas e um neto. Elogiou-me.

Disse:

- Nossa, como você melhorou! Você está muito bem, benzódeus! Sua voz tá a cada dia melhor!

Devagar, mas já com o meu equilíbrio restabelecido, coloquei tamboretes entre os sofás, na sala pequena, e a casa, cheia, ficou barulhenta, de conversas atravessadas e espontâneas, com as crianças e a novela chamando a atenção.

Nossa sala entrou em ebulição.

Quietos, apenas eu e as vizinhas que mediavam a idade com mamãe, magras, sentadas na sala, tímidas.

A noite já estava quase inteira sobre o meu bairro, que de luzes acesas, entre os montes, cintilava.

Foi quando tirei a torta da geladeira e coloquei sobre a mesa da varanda.

Nenhum passarinho piava lá fora.

Barulhos somente o das pessoas dentro de casa.

A filha do irmão da vizinha, desinibida e à vontade, chamou todos os convidados para cantar os Parabéns na varanda, onde eu colocara a torta. E todos fomos pra lá, em torno à mesa.

Cantamos. Aplaudimos. Tiramos fotos.

Depois, servi os refrigerantes em copos descartáveis, de plástico. Enquanto isso, a filha do irmão da vizinha servia as fatias de torta em guardanapos.

Nessa hora, a menininha que veio imitar o capeta em nossa sala e outra, sua amiguinha, entraram em nossa casa, vieram até à varanda. Elas fingiam-se adultas e educadas. Não falaram nada, olhavam pouco para os outros. Apenas se olhavam entre si, coniventes. Comeram, beberam o refrigerante e se foram, soltando risinhos, simuladas.

A noite caída lá fora esfriava e nós, na varanda, esquecidos, na festinha, parecíamos felizes. As outras casas de nosso bairro, que víamos da sacada, que é a nossa varanda, estavam todas acesas.

No fim, o netinho de minha tia, irmã de mamãe, chorava no colo dela, porque ela não deixou que ele comesse a torta com a mão. Ele não queria uma fatia. Queria pegar os pedaços de torta com a mão, tirados dela inteira, na mesa. E ela não deixou.

Minha mãe disse:

- Deixe ele comer, minha irmã. O que tem isso? Todos já comeram...

- Não, não pode. Ele tem que ter educação - minha tia disse e levou seu neto pra sala chorando, apenas com uma fatia da torta no guardanapo e um copo de guaraná.

Sentou-se na sala com o neto no colo e disse:

- Não aguento mais esse menino! Nossa, como pesa! – e olhou em volta, cheia de orgulho.

Eu não prestava muita atenção nas coisas, exatamente. As coisas é que me chamavam. Estava simpático, feliz por ter a casa cheia. Envaidecido, correspondia, se me pedissem algo, era solícito, mas não puxava nem alimentava assunto algum. Atarefado, sinuoso entre as pessoas, eu estava meio como um aluado no meio delas.

Nas vezes em que me encontrava mais parado, sentado, se eu fosse abordado de um modo mais inquisitivo por algum convidado, tinha como saída, o que aprendi do jeito de conversar com o pessoal caipira dos quais mamãe é descendente.

Eu dizia:

- Então... - e com isso, eu concluía tudo, todas as questões.

Ficamos ainda um pouco na sala diante da televisão ligada até que as conversas foram se amainando e até que os convidados começassem a se despedir.

Finalmente, todos se foram e restamos nós, eu e mamãe, dentro de casa.

Fechei a porta da sala.

Fui apagando as luzes e ficamos, um pouco ainda, vendo televisão. Logo viemos cada qual para sua cama, nos nossos próprios quartos, cansados.

Antes, vagarosamente e com cuidado, ajeitei o caneco de mamãe fazer seu xixi noturno, coloquei-o sobre um banquinho ao lado de sua cama, fiz-lhe seu escalda-pés, fechei as janelas, tomei os meus remédios e vim deitar-me.

Comumente, dormimos cedo, mas excitado pelo alvoroço das visitas em casa para o aniversário, na minha cama, demorei a pegar no sono.

A noite e as horas foram avançando.

Sob minha colcha, sentia o enorme espaço de escuridão que estava lá fora, dentro do que, os postes de luz da rua e lâmpadas das casas se acendiam, a separar meu quarto escuro de um cachorro que latiu num quintal distante. Sentia esse grande espaço da noite e também o espaço escuro que me separava de mamãe deitada em sua cama, do outro lado da casa, em seu quarto.

Gritei para ela:

- Se precisar de alguma coisa é só chamar...

- Tá bom. Dorme com Deus – ela disse e, de meu quarto, ouvi.

O meu remédio, que tomei antes de dormir, me enjoava, mas, acostumado, tentei esquecer.

Deslizava meus pés sobre o lençol fresco no colchão, embaixo da colcha, hábito que tenho desde garoto e que me descansa e conforta. De quando em vez, um ônibus roncava na rua indo para a garagem.

Era tarde.

Mesmo que a noite esfriasse, mantive a janela de meu quarto aberta, não a fechei. Por ela eu via um pouco de céu com estrelas, num vão entre o meu sobrado e o prediozinho a sua frente.

Mas me levantei da cama para fechá-la e as cortinas que me escondessem das janelas acesas e do pouco de conversa no terceiro andar. Depois, voltei e me acomodei, outra vez, confortavelmente, dentro da minha colcha.

Meus vizinhos do terceiro andar, muito próximos, dormem, inconvenientemente, tarde. Atrás da janela, sob a cortina, firmei meu pensamento na direção deles e forcei para que arranjassem outro lugar em que morar e me deixassem em paz.

Adoro dormir.

Adoro o momento de estar na cama a esperar pelo sono. Gosto do barulho e do silêncio da noite. Os ruídos que ouço na casa, como se ela estivesse a se ajustar a si própria, acomodando-se em seu alicerce, me acalmam. Essa gravidade e delicadeza da noite e esse mundo de ruídos na casa, enquanto estou a esperar pelo sono e os barulhos todos que vêm dos pontos mais longínquos de meu bairro, os barulhos suaves, ao longe, o tique-taque do relógio de parede na penumbra da sala, imaginar a sala na pouca luz vinda dos postes de iluminação da rua e que atravessa os vidros da janela, ouvir os catadores de lixo que vêm na madrugada, um e outro automóvel que passa no bairro de ponta a ponta, no vale, me confortam tanto.

Tudo isso vai me acomodando, vai me sedimentando na cama, vou ficando em paz, e se minha cabeça está cheia, assim, vou ficando sonolento.

Enfim e aos poucos, as lembranças tumultuadas de minha casa cheia para o aniversário de mamãe foram se acalmando e me apaziguei totalmente.

Os gritos dos cães, dos galos na madrugada, no silêncio, foram me aconchegando o peito, fui curtindo a noite, a cama, a preguiça, sentindo um gozo que não comparo aos momentos mais felizes do dia.

Mas, vizinhos, que merda, nada é perfeito!

Nesses meus momentos de solidão, acomodado à minha cama no escuro do quarto, ao som da noite, à beira do nada do sono, iluminado tão intensamente pelos meus devaneios, quando posso ser, como um tufo de cabelos cavalgando na noite, é que sou mesmo feliz.

****

É possível, na medida em que eu vá desenovelando o enredo de minha narrativa, que me embole aflitivamente entre as frases e as ideias e que me surpreendam emoções profundas de desprazer ou que eu venha a me debater na dúvida nojenta sobre qual caminho deva tomar, se vou montado na mulinha ou se no meu cavalo alado.

Talvez, consiga ir de carro, um ônibus...

A história é somente minha, tem sentido único e linear.

E mesmo que haja sinuosidades à direita e à esquerda, acima e abaixo ou que, às vezes, também, com voltas à frente e atrás, essa é história de apenas um fluxo, fino e corrido.

Embora ela não tenha perfeição, no momento de agora, estou como que triunfante, já que nessa minha iniciativa de lhes contar o que me aconteceu e apesar de tudo, estou cheio de entusiasmo e alegria. Estou conformado ao ritmo de tudo, exatamente, como os acontecimentos vieram se passando, entregue à força de como as coisas fatalmente foram acontecendo, pois como acabei de ouvir mamãe dizer para um vizinho que entrou e ficou a conversar na sala, olho furado não tem cura!

Haverá aquele leitor, que chegando ao final de minha história, haverá de voltar ao ponto de agora e intrigar-se ante meu triunfo e alegria para contar. E preciso admitir que a vida pra ser vivida, de um modo ou de outro, precisa alegria.

Pensando em manter o meu leitor desde o início até ao fim, seria melhor não ter dito o que disse antes, sobre o possível desencontro entre frases e ideias, porque, dessa forma, estou dando oportunidade para que aqueles mais chatos (também não deveria aventar a hipótese de leitores mais chatos), a uma certa altura, comprovem que não os mantive, ao menos, a me verem entusiasmado e alegre, voando no ônibus veloz, mas me afundei e a eles em poça de tédio ou em curvamentos de melancolia, e, misturando-nos ao marasmo ou falta de sentido, no fim, ficamos todos a ver navios...

Entretanto, como o que disse é apenas remota possibilidade, continuarei a lhes contar.

Depois de há meses, o assunto e o desejo terem nos aparecido mais amiúde, nas nossas poucas frases entrecortadas pelos anúncios de tevê e novela, no jantar, ou na conversa que temos em nossa varanda, na hora do lanche da tarde, almoço e no café da manhã, decidimos que iríamos para Aparecida do Norte, eu e mamãe, duas sextas-feiras adiante, de ônibus.

Chegaríamos lá de noitinha, com reserva para um hotel e estaríamos de volta a nossa casa, logo, no sábado à noite.

A cidade estaria cheia para a missa de final da semana e, fiquei a me lembrar, durante o curto tempo em que amadurecíamos a ideia da viagem, que, segundo as histórias que ouvia de mamãe, quando eu era pequeno, muitas crianças estariam a entrar na cidade, acompanhadas de seus pais e se juntavam aos romeiros fiéis de Nossa Senhora de Aparecida, enfeitadas com aparatos do mar e interessadas n'outra coisa menos sagrada que a Virgem, porque, segundo ela, havia nos finais de semana do mês de julho, pelas ruas da Aparecida, uma parada, com uma menina baliza contorcendo-se à frente de uma banda de música e com pelotões de gente fantasiada à moda da praia, todas pessoas reluzentes como no carnaval.

A parada, que subia pelas ruas estreitas de Aparecida até chegar à catedral velha, tinha vários carros alegóricos onde estavam medusas, caramujos, estrelas do mar, golfinhos, tudo, em homenagem a uma sereiazinha que, desde muito tempo, era prisioneira de uma gruta com pequena lagoa e pouca luz e que ficava embaixo da imensa nova catedral.

Em pequeno, minha imaginação enchia-se de fascínio pela existência de tal sereiazinha, o que mamãe tinha para mim, naquela época, como sendo de conhecimento geral, e que chamava a curiosidade e atenção de todos, dividindo grande impressão e encantamento com a Virgem Santa.

Fiquei pensando que essa sereiazinha, nunca me fora, de maneira nenhuma, desmentida durante minha infância e que ela ficou pra trás como sendo a mais pura verdade. E nunca, em momento algum, depois de crescido, tive, comigo mesmo, um pensamento, tipo, "Nossa, ela não existe!"

Não.

Segui minha vida e esqueci-me absolutamente dela.

...agora, me lembrava.

Rapidamente, por telefone, consegui reserva num hotelzinho, comprei as passagens e fomos. Estávamos felizes, surpresos com nossa iniciativa. Principalmente, surpresos por ter surgido a incrível possibilidade da aventura.

Essa vida é realmente ininteligível, pensei comigo mesmo.

Naquela sexta-feira, o dia da viagem, mamãe estava no céu. Começou a preparar-se com dias de antecedência e quando chegou a hora disse simplesmente:

- Estou pronta!

Na rodoviária, sentamo-nos nas primeiras poltronas, o ônibus com ar condicionado, o motorista lindo e elegante.

Depois de acomodados, olhando para fora, as fisionomias das pessoas que esperavam sentadas e que olhavam o movimento vaidoso dos que saíam ou chegavam, típico das rodoviárias, fomos surpreendidos por uma chamada de celular de um dos passageiros já acomodados na poltrona imediatamente atrás da nossa. O celular começou a sorrir suavemente e a intensidade do sorriso foi se intensificando mais e mais. Até que se tornasse uma gargalhada atroz, cruel, escarnecedora e absurdamente alta. Era algo assim como o pipocar da gargalhada de uma pomba-gira, quando desce ao terreiro. Um troço assustador, ao mesmo tempo espiritual e inumano, engraçado e terrível.

De repente, aquilo parou e uma voz de mulher terna e doce continuou num diálogo afetuoso que se iniciou assim:

- Oi, amorzinho!

Olhei para mamãe.

Ela, indiferente à risada e ao amorzinho, tirou de uma sacola um pacote de biscoitos e pediu que eu o abrisse.

****

Mascávamos biscoitos Cream Cracker, mamãe já tinha ido ao banheiro em casa, tinha bebido água apenas no dia anterior e não tomou os remédios da pressão, com medo de ter de ir ao claustrofóbico banheiro do ônibus, fazer xixi, durante a viagem.

Como é meu costume, eu estava morrendo de tesão, mas tudo bem, bebia água.

O ônibus saiu. Era o céu!

Veio aquela sensação de voo, quando o ônibus pegou velocidade sobre a ponte e comecei a voar olhando para o mar da Baía da Guanabara, lá embaixo, até ao horizonte.

Olhando para o monstro suntuoso de pedra que é o Pão de Açúcar e para a rica cidade do Rio de Janeiro erguida nos baixios entre as montanhas à beira do mar, literalmente, eu voava.

Para os lados do fundo da baía, de sobre a ponte, nós víamos grandes navios ancorados no mar azul, boiando, parados na pele da água, na tarde brilhante, como a estar num largo rio.

Sem ver, eu imaginava os seus disciplinados e controlados marinheiros. E do nada, imaginava que um marinheiro precisasse de mim ao desespero para amenizar-lhe tanto controle e disciplina.

Entre os imensos navios pousados, na extensão do mar, um e outro barquinho passava, navegando velozmente, e mamãe a meu lado, olhando feliz, mascava mais Cream Cracker, concentrada.

Os farelos caíam-lhe sobre seu melhor vestido. Ela limpava, batia as costas das mãos nos peitos, barriga, pernas, alisava o pano do vestido ajustado no corpo e os farelos caíam.

O ar condicionado deixava o ambiente do ônibus solene, educado, frio. E eu estava com ela a meu lado dando-me calor.

Iniciada nossa viagem, meu tesão, por vezes, dava lugar a um grande sentimento de ternura, que é um sentimento que não deixa que pensemos em nada, e eu não pensava em nada, curtia, peito inflado de calor, ao lado de mamãe.

Bebia água...

Como ela, decidi que não tomaria também os meus remédios e, assim, não ficasse enjoado, com vontade de vomitar, no ônibus. E para que a nossa visita à santa fosse agradável, não os tomei.

Diante das minhas reclamações sobre enjoos e vômitos, minha médica diz que não é bom mexer em time que está ganhando, em time que está dando certo e não troca os meus remédios. Tomo essa bosta nojenta faz quatro anos.

O certo mesmo era não haver doenças nem haver morte.

Se não houvesse morte, se eu soubesse que nunca iria morrer, se fosse sabido que mamãe nunca morreria, poxa, quão menos sinistro e mais leve seria estar vivo.

Assim, com a sombra da morte sempre a nos espreitar, não perdemos de vista que há algo de profundamente errado nas coisas e tudo o que existe no mundo torna-se esquisito, estranho, triste, à nossa frente.

É certo que sem ela, a morte, continuaríamos iguais e em nada perderíamos. Nem em tristeza, esquisitice ou estranheza. Perderíamos sim, a meu ver, em compaixão, no que seríamos pobres. Porque sem morrer, seríamos nós todos, extremamente, orgulhosos.

Nós já havíamos ultrapassado o vão central da ponte, quando um avião veio vindo do fundo da baía, onde flutuavam ancorados os navios enormes, e muito rápido se aproximou, cresceu na nossa direção, baixo no céu. Então, muito perto de nós atravessou sobre o ônibus.

De minha poltrona, ainda tive tempo de vê-lo aterrissar no aeroporto Santos Dumont, num canto de mar, próximo aos arranha-céus do centro da cidade do Rio de Janeiro, e, do modo como eu o via, sua distância fazia com que ele pousasse quase, como que diante do monstruoso Pão de Açúcar.

Nesse momento, estávamos a sair da ponte e descíamos dela, quando do lado oposto ao de que eu falava antes, já em terra firme, quando o ônibus vai pegar a Avenida Brasil, ficamos olhando as catacumbas imensas e belas, que apareciam com suas torres acima do alto muro de um cemitério que tem ali, no Caju.

- Bem que podíamos ter moradia para nosso corpo morto elegantes assim, como são essas catacumbas - mamãe disse.

- É, mas apenas os que em vida conseguiram boa morada, na morte conseguem ter essas sepulturas ricas e elegantes - respondi.

E ficamos, outra vez, quietos em nossos assentos.

****

Para a viagem, mamãe passou um batom vermelho nos lábios finos de senhora de 75 anos, colocou seu colar de pérolas de plástico azuis somente usado em ocasiões especiais e o seu sapatinho de lona preta. O ônibus voava baixo na avenida e nós, esquecidos em nossas poltronas, estávamos a caminho de Aparecida do Norte.

Veio-me na cabeça que o ônibus correndo na estrada e que nós sentados, suspensos em suas poltronas, veio-me que isso, que a velocidade que nos tensionava ali sentados, era possível de ser traduzida em uma equação matemática qualquer, traduzir-se num número qualquer do qual estávamos, absolutamente, abstraídos e veio-me que esse número não nos valeria de nada.

Então, pensei em como, às vezes, os pensamentos ficam idiotas. E o que, de verdade, contava, e o que, de verdade, queríamos, era chegar em Aparecida do Norte sãos e salvos.

Mas o pensamento tolo insistia teimoso e esse número a que chegaríamos, resolvida a equação, poderia ser dito como a impressão que estávamos tendo de nossa viagem ou, mais exatamente, pensei que esse número poderia ser dito pela sensação de estarmos os dois ali sentados, pregados nas poltronas viajando e olhando, cheios de amor. Um e um.

Assim, éramos, os dois, números, abstratos e ternos. Mamãe ainda mascava seus últimos Cream Crakers. E eu sorvia meus frios goles d'água.

Eu prosseguia pensando e extrapolei, completa e absurdamente, muito mais isso tudo, que era um número tão bobo e sem nexo e que me vinha à cabeça na viagem, quando comecei a imaginar que, mamãe, possivelmente um número a meu lado, compartilhasse comigo da mesma ternura que eu sentia.

Penso que na viagem, o deslizar das paisagens através da janela deixam os pensamentos assim, avulsos, esparsos, meio doidos... ou que eles brotando livres em mim, sem raiz alguma e aureolando o sentimento de carinho existente entre mim e mamãe, sejam pensamentos descomprometidos, alheios.

E se eu disse antes que a minha ternura não tinha pensar algum, as ideias das quais falo não estavam nela, mas brotavam-lhe ao lado, melhor dizendo, acima dela. E, independentes e rebeldes, viajavam por minha cabeça, do mesmo modo como víamos passar as paisagens pela janela.

Na estrada, a viagem ficou quase um silêncio.

Num momento, mamãe, a meu lado, olhava para as casas pobres que começaram a se acumular à beira do asfalto.

Bem no alto do céu, vi um urubu planando.

Depois, mais adiante, muitos deles circulavam centrados no mesmo ponto, formando como que um alto redemoinho de pontos negros no céu.

Por um tempo, planamos ainda à beira dos barracos e quando passamos por um conjunto residencial amarelo sobre uma pequena colina, começaram a aparecer pastos.

De longe em longe, apareciam um e outro casebre no meio do campo.

Quando olhei, veio um deles vazio, em ruínas, abandonado.

Imaginei o seu antigo morador, sua mulher e seus filhos, vivendo, agora, num dos barracos que se espremeram um no outro, promiscuamente, à beira do asfalto na longa saída da cidade por onde tínhamos acabado de passar.

Eu, que vivi minha infância em pequenas cidades do interior, sou um conhecedor de pastos e hoje, com as sequelas da lesão cerebral que tive em 1996, devido à neurotoxoplasmose, sequelas das quais estou, contínua e lentamente, a me safar, não poderia vencer-lhes as dificuldades.

Não veria graça nenhuma em estar largado no meio de um pasto, agora. Mas conheço os prazeres de poder vencê-los.

E poder olhá-los à distância, do ônibus, como quem voasse sentado, com mamãe a meu lado, é nostálgico. Sinto-me, sim, familiar à paisagem ensolarada, descampada, pobre.

A velocidade com que o ônibus tirou-nos da cidade em que vivemos e passeia e plana e levita, rapidíssimo, longe dela, da cidade onde, hoje, temos nossa história construída, e onde vivemos nosso cotidiano, faz parecer a mim que entramos num delírio. Faz parecer que nada é verdade, que a viagem que estamos a fazer, eu e mamãe, é fruto de fantasia.

É mesmo, como diria um adolescente delirante:

- Uma viagem, aí!

A velocidade, o ambiente do ônibus, irmos para Aparecida do Norte, trouxe-me, de repente, para um estado de imaginação.

Os quadros de paisagem, trocados de instante a instante no correr da estrada trazem uma vida para o pensamento e para a imaginação muito próxima do sonho.

Sobre tudo o que pela janela me chama a atenção, sobrepõe-se lembranças tênues, que, se eu não localizo, exatamente, onde estão as suas origens, também não lhes vejo um fim.

As tênues lembranças que me chegam ao cérebro, juntadas à rapidez com que as coisas, a passar pela janela, próximas à estrada, são avistadas por nós, tornam a paisagem imprecisa.

Essa imprecisão ante meus olhos: um homem que surgiu sobre uma laje, um rapaz de bermuda que lançou um porrete no ar, senhoras conversando no portão, um catador de latas, tudo isso, ficando decididamente para trás e vencendo as distâncias da estrada, é o nosso triunfo e é o meu desvario.

Estávamos e nos sentíamos livres.

Por isso é que percebia mamãe no céu.

E, por isso, também, é que eu estava no céu.

Enternecido ou, por vezes, possuído de volta, pelo meu tesão, sinto que estou vendo como os urubus veriam o pasto entre as casas, se planassem rasteiro assim, como planamos no ônibus.

E, na viagem, fico pensando que essa modificação, que a velocidade impõe a nossos sentidos, deva ser um dos motivos pelos quais as viagens são aconselhadas aos doentes da alma. Sobretudo aconselhável aos apaixonados sem reciprocidade, paralisados, entediados na ausência completa de graça.

Sob a manta com que acabamos de nos proteger do ar condicionado que esfria a atmosfera do ônibus, abro minhas pernas o mais que posso, na poltrona.

Um de meus joelhos, o direito, sob o pano da calça comprida, encosta-se no joelho de mamãe, sob a barra de seu vestido preto.

Esse jeito como estou, faz com que eu sinta a base de meu períneo contra o almofadado da poltrona.

Meu pensamento viaja, mas meu corpo preso à poltrona, me instiga.

Numa das primeiras lembranças que tenho da vida, estou, bem pequeno ainda, colhendo florezinhas no pasto para pendurá-las nas farpas de uma cerca de arame farpado.

Em pequeno eu era somente pureza e graça, e pouco tinha noção de meu corpo, porque aluado eu estava sempre envolvido tenazmente com os acontecimentos todos em que eu vivia. E me entretinha com tudo o que se dava ao meu pueril conhecimento sem, no entanto, nunca notar que eu fosse provido, por exemplo, de minhas tenras carnes das pernas, braços, barriga, mãos, cabeça, tronco, bunda, meus ossos, cabelos e unhas, enfim, tudo o que, objetivamente, sou.

E me lembro de ter grande interesse nas florezinhas que via estourar nas pontas dos pequenos pés de mato. Minha curiosidade de criança se dava, porque as flores que eu via explodindo miúdas e coloridas em meio à capoeira, ofertavam-se a meu gosto de possuí-las.

Elas eram objetozinhos cheios de cor que eu colhia, arrancando-as do mato para, então, satisfazer o meu desejo e prazer por colecioná-las nos arames que se esticavam na beira do terreiro. Eu as equilibrava, bambeando na brisa, pelo curto espaço de tempo que ainda, fora do pé, conseguiam se manter com algum viço.

Na fresca da manhã, eu ficava, no terreiro ensolarado com o meu corpo macio de criança, e, a minha frente, onde estava cada farpa, de um ponto a outro do arame, na cerca, eu encaixava uma das florezinhas colhidas.

Para mim não havia, exatamente, beleza nelas.

Não era a beleza das florezinhas o que eu apreciava.

O que me seduzia, nos meus cinco anos de idade, que era, mais ou menos, a idade em que eu estava naquela época, o que era um jogo estético para mim, era organizá-las e encaixá-las de modo tão equilibrado na cerca, até que não sobrassem, entre uma e outra, sequer uma das farpas sem flor. O que me aprazia era a possibilidade de organização equilibrada que eu, então, tinha no domínio das flores.

E somente completando, cada uma das farpas com uma florzinha, entre os moirões, na extensão do arame, é que eu me dava por satisfeito.

Naquela idade, esse equilíbrio de posições era o que me impressionava com sua beleza.

As florezinhas mesmas não eram belas.

Estavam num vale, que era onde eu morava.

Eu estava no terreiro.

Do outro lado daquela cerca de arame, onde eu as equilibrava, animais pastavam. No alto e à beira das montanhas, ao longe, ainda na lembrança, um grupo de urubus circulava planando.

Hoje, o vale onde moro é outro.

E, somente hoje, incondicionalmente, as flores, as florezinhas, são belas para mim.

****

No bojo dessas mesmas lembranças das pequeninas e bravas flores, que eu fazia morrer na cerca, na beirada do terreiro, está a lembrança das bimbinhas.

As bimbinhas eram alongados marimbondos marrons que construíam suas casas pregadas ao longo dos cruzamentos de madeira que sustentavam o telhado. Elas construíam, feitas de uma argamassa de terra vermelha com água, várias locas, unidas umas às outras e que se desenhavam em alto-relevo na madeira, como dedos ocos, onde entravam para dormir ou reproduzir-se.

Nós éramos orientados pelos mais velhos a não mexermos com as bimbinhas, pois que elas eram mansas e não nos atacariam a nós, crianças. Eram marimbondos inofensivos e poderíamos deixá-los por perto, eles diziam.

Não sei se esses marimbondos mansos, ainda hoje e em algum outro lugar, sejam chamados de bimbinhas. Ou se bimbinha fora um nome que mamãe achou para lhes dar, e um nome que lhe veio entre os longos e doces fios de afeto que corriam entre eu e ela, nós e os bichos naquela época de nossas vidas.

O certo é que depois daquele tempo em que vivi no interior, não me recordo jamais de ter visto suas casas e nunca também conheci qualquer pessoa que me falasse delas, das bimbinhas.

Olhando a paisagem de pastos pela janela, essas lembranças me vinham e essas lembranças se íam.

****

Logo o ônibus na boa estrada subiu uma serra, sinuosamente. Na poltrona, ao lado de mamãe e a ver o motorista, meu corpo me instigava.

Aqui e ali, entre as curvas, apareciam estabelecimentos comerciais, barracas de frutas, restaurantes, borracheiros.

Estes estabelecimentos estavam entre a estrada e a floresta, que a um lado ia acima do nível do asfalto por que passávamos e a outro lado as árvores cresciam no abismo.

Estávamos, literalmente, subindo aos céus.

Olhando para o abismo, mamãe exclamou:

- O que é a natureza de Deus, hein, meu filho!? - e eu fiquei quieto, olhando.

E pela segunda vez, ribombou a gargalhada interminável do celular atrás de nós:

- Ará ará ará ará ará ará ará... - a moça deveria estar cochilando, porque a risada recrudescia cruel e, no ônibus, vinda como que do nada, sua gratuita crueldade era engraçada. E, de novo, ouvimos:

- Oi, amorzinho - e silêncio.

Mais acima, surgiu outra estrada, entrada para uma cidade interiorana.

Chegávamos a ver suas primeiras casas, nas ruas que se afundavam entre os montes, mas o ônibus não entrou por ali.

Continuou seu caminho na estrada que ainda subia.

Definitivamente, no cume da serra, passamos por uma extensa e estreita lagoa barrenta como um rio na floresta, perto da qual passou uma colina com muitos barracos encravados por seus barrancos. Sobre a lagoa, pássaros enormes sobrevoavam à espera de peixes.

Depois, começamos a ver um rio de verdade.

Um rio lento, gordo, de água barrenta com franjas de mato nas bordas sob as quais, imaginei, os peixes deviam fazer ninhos. Já não havia árvores à beira d'água e o rio corria no campo aberto, ensolarado.

Ao lado, seguia a linha do trem.

Um par de cegonhas voava de comprido, seguindo o rio largo, cheio de ilhas, estas com muitas árvores.

Com isso, novamente, sei que minhas lembranças de pequeno se afloraram, mas eram como que sensações, assim, um conforto interno, uma quase como nostalgia, sem nenhum episódio ou mesmo lembrança de outra paisagem, exatamente, que eu pudesse explicitar aqui.

O motorista, concentrado, olhava apenas o asfalto, me atualizava. De onde eu estava podia ver-lhe o perfil, nariz grande e másculo.

Separado dele em meu compartimento de passageiros, via-o em seu cubículo de motorista através do vidro límpido, sobre o quê, cortinas se abriam.

Através do vidro, o motorista cintilava.

Imaginei seu grande caralho confortando o meu peito e respirei mais fundo e mais quente e, outra vez, com mamãe, me veio a ternura distrair-me a olhar pela janela.

Distraído, viajamos, assim, por um bom tempo.

Não me lembrava mais das minhas aulas de geografia ginasiais, mas concluí que, no ônibus, planávamos em terras altas, porque após subirmos aquela serra, depois de saídos da cidade do Rio de Janeiro, não senti que descêssemos, não abruptamente. Portanto, se a estrada não tivesse descido numa inclinação tão mínima que eu, por isso, não tivesse percebido, estávamos muito acima do nível do mar.

O lugar dos Santos é no céu, no alto.

Por isso, sobre a Baía da Guanabara, colocaram o Cristo Redentor no Corcovado.

Por isso, nas pequenas cidades, as igrejas estão sempre construídas numa colina.

E lá elas ficam, imponentes e velhas.

Aparecida do Norte deve ficar no alto, pensei.

Sei que Nossa Senhora fora encontrada por pescadores quando trouxeram a rede da água do rio.

Veio a cabeça. Separadamente veio o corpo. É uma Nossa Senhora enegrecida. De manto azul como é o manto de todas as Nossas Senhoras.

É uma Nossa Senhora que tem parentesco com as Iaras. Parentesco com Oxum, com Iemanjá, porque veio das águas.

Pequeno, morei por um ano em um seminário, onde mamãe era a cozinheira. Era no cume do morro mais alto de uma pequena cidade do interior e circundava uma velha igreja. Nosso quarto, meu e de mamãe, era na mesma ala onde ficava a cozinha, o refeitório, a lavanderia.

Abaixo de nosso quarto e fora do prédio, no chão, descia uma plantação de feijão. Em outra época, plantavam milho, e, muito lá embaixo, as casinhas da cidade beirando um riozinho de água vermelha, barrenta, misterioso, onde, às vezes, eu entrava para pescar com alguém mais velho.

Eu tinha oito anos e tornei-me devoto de Nossa Senhora de Fátima. Era ela que, juntamente com mamãe, vinha salvar-me das vacas pretas que me corriam atrás nas noites de pesadelo.

Sabia de Nossa Senhora de Fátima, porque ganhei dos padres uma revistinha em quadrinhos sobre sua aparição.

Eu sabia ler.

Eram padres vindos da Itália.

Vieram para administrar o seminário, a igreja e o sítio no cume do morro onde estávamos.

Nosso quarto, incrustrado naquela ala de cômodos do enorme seminário, no meio de tanta gente que eu via, tantos padres, tantos seminaristas, tantos outros empregados, todas aquelas outras crianças da escola que eu via entre todas as pessoas da cidade, foi a referência que me ficou para lembrar daquele tempo de menino.

Na minha idade, eu não era um seminarista.

Fazia o segundo ano primário, lá embaixo, numa escola da cidade.

Lembro-me que naquele ano, pouco tempo depois de começadas as aulas, minha professora, uma senhora de cabelos curtos e sem sexo, tivera um problema médico e havia sido substituída por sua filha, de nome Teca.

Teca tinha algo que nós, as crianças, não situávamos bem, mas que deixou minha turma alvoroçada com as suas primeiras aparições em sala de aula.

Talvez, a turma tivesse se admirado dela por sua jovialidade de cabeleira farta e comprida, pela frescura cheia de sumo, em contraste com sua mãe muito séria e sem cor. E perdemos um pouco a rédea naqueles primeiros dias de ausência da professora titular. No recreio, fazíamos coro imitando a bateria da banda:

"Teca tum
teca tum
teca tum
caga na cabeça dum..."

Como sempre fui e como o homem que hoje sou, eu era um menino muito tranquilo. Sempre reconheci em mim, em minhas lembranças, esse mesmo cara tranquilo que sou agora. Mas a canção para Teca me atraía com seu ritmo e bocado de diversão. E, Maria vai com as outras, entrei naquele frenesi de minha turma, criado pela chegada da jovem e nova professora. Formávamos em pequenos pelotões de crianças pelo pátio e cantávamos à distância de Dona Teca:

"Teca tum
teca tum
teca tum
caga na cabeça dum..."

Todos os dias da semana eu descia o morro, onde era minha casa, o seminário em que mamãe era empregada e, na rua principal da cidade, entrava para o imenso portão de ferro, entrada para o pátio de meu grupo escolar.

Era um pequeno pátio à entrada, mas que logo se abria imenso para o lado direito da escola. Bem, para nós, para o corpo mínimo de nós crianças, o pátio era imenso. Ali, aqueles alunos que chegavam mais cedo, esperavam pelo horário da aula e era também onde fazíamos nosso recreio e algazarra.

Assim que era dado o sinal do começo da aula, o portão de entrada era fechado e entrávamos para o prédio ocupando nossas salas.

Todos os dias, na hora do recreio, quando voltávamos para o pátio, eu reparava que a moça que trabalhava como empregada doméstica na casa de Isabel, uma das meninas de minha sala, vinha-lhe trazer a merendeira com um pote de vitamina e um sanduíche bonito.

Isabel recebia a merendeira através das grades do portão trancado e aquilo a tornava especial, por ser a única menina da escola que eu reparasse que fizesse aquilo e que, digamos assim, tivesse aquele direito.

Isabel era iluminada.

E eu a tinha como um ser superior cheio de graça e de quem eu não me aproximava.

Achava-a mais delicada, mais bonita, mais rica e não me aproximava.

Os mais abastados costumam criar essa aura de respeito e poder em seu torno por situações assim, como essa. Reparava sempre nela recebendo a merendeira pela grade do portão trancado e eu tinha os meus olhos mais compridos e perdidos que o voo das folhas secas antes do cair das chuvas. O momento em que a empregada lhe entregava a merendeira resplandecia em Isabel e eu, à distância, olhava perdido de admiração.

Eu não era, nunca fui um menino a torto e a direito, que saísse tomando atitudes sem sentido, a despeito de me juntar as outras crianças da turma nos pequeninos pelotões pelo pátio:

"Teca tum
teca tum
teca tum
caga na cabeça dum..."

Isabel não me reparava e eu ficava na minha. Era quietinho, desenturmado na escola. Ela era uma menina!

E tinha um outro garoto, magrelo e feioso, branquelo sem ser loiro, e que era meu amiguinho. Ele me chamava para ir na sua casa ao entardecer e brincávamos de pique-esconde em sua rua. Aos poucos, mamãe tornou-se amiga de sua família e o pai desse menino tornou-se meu padrinho de crisma.

Meu amigo perdia-se em traquinagens à hora do recreio, participava do jogo de bola com os outros meninos de outras turmas, era descolado. Eu raramente participava de suas brincadeiras e ficava mais pelas beiras das paredes do prédio da escola, sentado na calçada ou me aproximava da extensão do muro que circundava o pátio, sob os arbustos, onde se espalhavam as meninas e tal.

Na hora do pique, que jogávamos de tarde, próximos à casa de meu amigo, habituamo-nos a ficar sempre juntos e escondidos numa casa abandonada, eu de bruços, gostava que ele me dominasse entre pés de mato crescendo no chão úmido da casa carcomendo-se.

E, na sala, eu reparava bem em Isabel, porque achava que ela fosse tão diferente com sua merendeira.

Então, surgiu entre as outras crianças de minha turma que eu estava apaixonado por Isabel e, por isso, Isabel começou a me reparar também.

E surgiu entre eles que Isabel gostava de mim e, daí, éramos, de repente, namorados, sem que eu tivesse tomado outra atitude senão a de repará-la.

Rogério, o menino que era meu amiguinho e por quem eu adorava ser dominado de bruços sob seu corpo magricelo, na hora do pique-esconde, um dia na escola, quando voltamos do recreio e nos arrumávamos nas carteiras da sala de aula, a esperar pela entrada da professora Teca, disse:

- Não! O namorado de Isabel sou eu! – e tacou uma bordoada de seus braços em meus ombros. Impetuoso, reagi e me atraquei muito desajeitado com ele em uma luta feroz no meio da sala.

A professora veio entrando e acabou com nossa briga. A turma alvoroçada aquietou-se com a entrada dela. Àquela altura ela já conquistara seu domínio de turma. Fiquei chorando, a cabeça escondida nos braços, debruçado sobre a carteira. E fui mandado mais cedo para casa.

Por um ou dois dias seguintes, estiveram desfeitas as tramas que existiam entre mim e Rogério. As que existiram entre mim e Isabel, se nem ao menos chegaram de verdade a existir, continuavam nada. Mas do terceiro dia em diante, por encanto, as tramas foram se refazendo. Nossa briga fora esquecida por nós e por toda nossa turminha de crianças e continuei adorando as vezes em que ele me dominou sob seu calor na casa abandonada de sua rua.

E depois de algum tempo, na festa junina da escola, fui o par de Isabel.

Por toda aquela época em que mamãe trabalhou no seminário e que ela, junto às outras empregadas, fez a comida, arrumou as mesas, cuidou da limpeza e fez com que aquela ala do seminário, onde todos fazíamos as refeições, funcionasse, fui dominado pelo desejo de saliência de meu amiguinho nas tardes de pique-esconde.

Quando dava a noite, jogava toda a nossa roupa, a minha e de mamãe, a meu redor, sobre a cama, fazia um ninho e protegido assim, dormia.

Mamãe vinha deitar-se um pouco mais tarde, quando eu já estava de sono pegado.

Por isso, por deitar-me sozinho, eu tinha muito medo.

E por isso, a devoção em Nossa Senhora de Fátima.

Então, eu sonhava com as vacas pretas me perseguindo para, no fim, ser salvo por mamãe, que aparecia e me dava a mão. E por Nossa Senhora, que vinha também.

****

Depois, morei noutra cidadezinha, que era uma poça de casinhas derramadas nos vales entre as colinas por onde corria um rio. No alto de uma dessas colinas, claro, estava a igreja, imponente e velha.

Era Nossa Senhora da Penha.

A cidadezinha esparramava-se pelo chão, a igreja no alto.

Nessa outra cidadezinha, eu ainda era um menino também, quando eu e mamãe estávamos morando com um de meus tios.

Havia madrugadas em que acordava ouvindo as músicas caipiras das rádios de São Paulo que ele ouvia. Entre elas, a Rádio Aparecida.

Assim, eu era um menino, quando soube de Nossa Senhora Aparecida.

Naquela época, nosso bairro esparramava-se num buraco de vale onde corria um córrego. O acaso e a constituição das cidades em que vivi, me fizeram morar em muitos vales.

Meu tio tinha uma venda.

Um dia em que passou um vendedor ambulante, ele comprou um quadro de Nossa Senhora Aparecida e pendurou em sua sala.

Então, soube que Nossa Senhora Aparecida é milagrosa, é adorada, é padroeira.

Da sereia, para a qual fazem a parada e que, como todos nós sabíamos, vive na gruta sob a catedral, mamãe falou-me de sua existência nessa mesma época.

Ela me contava, muito detalhadamente e sem dúvidas, que a sereiazinha tinha sido encontrada no fim do século passado numa das praias do Norte do Brasil, onde ficou desde então, perto de Recife. E que por razões de estratégia política brasileira, sobre o quê, mamãe de nada entendia, naquela década de 1960, o presidente João Goulart transferiu-a para o subterrâneo da nova catedral que estava sendo ainda construída em Aparecida.

E lá estava, sempre monitorada por um grupo de estudiosos e entendidos de várias partes do mundo, que lhe garantiam uma vida feliz, farta e, quisera eu, nada entediada.

Tempos depois, meu amigo Rodolfo contou-me que, no sul da Espanha, próximo à cidade mediterrânea de Castellon de la Plana, também como na história que mamãe me contara, havia um caso dessa junção de algo pagão, como é a sereia, com a imagem cristã de Nossa Senhora.

Ele me disse que no final da Idade Média, um lavrador encontrou sob uma árvore, a minúscula imagem de Nossa Senhora.

Com o passar dos anos, com a devoção dos fiéis, fizeram uma capela naquele local, ponto de peregrinação e adoração da virgem. O Papa da época reconheceu os milagres da santinha que, então, havia sido colocada no ventre de outra Nossa Senhora maior, construída especialmente para abrigá-la.

E agora, nos últimos anos, antropólogos confirmaram o que já se sabia: Nossa Senhora Del Lidon, a santinha confinada no ventre da outra santa construída como sua redoma é, na verdade, a representação de um falo modelado para a adoração dos homens primitivos daquela região.

- Ah, os humanos! - Rodolfo falou.

****

Nossa sereiazinha, ainda segundo mamãe me contava, coitada, não fala português, ou qualquer outra língua humana. É um bicho do mar e dá guinchos de baleia.

Apesar dos fartos seios de mulher, mamãe explicou-me, minuciosa e cheia de ternura, que ela tem mãos apenas com uma espécie de dedo polegar e os outros dedos, muito finos, unidos por uma membrana de pele luzidia, fazem com que suas mãos assemelhem-se a pés de pato.

Seu rosto, próximo ao nosso rosto de humanos, ela me disse, modifica-se em forma estranha para conter guelras.

Além dos seios, sua imagem de mulher muito lisa é retocada por longos cabelos de índia tupiniquim.

É um pobre monstro, a sereia, coitada!

Vive isolada num tanque aquático dentro da gruta. Vive sem a luz do sol.

Dentro de sua gruta, a que, habitualmente, chamamos de aquário, há outros tanques ou bacias, uns menores, outros maiores, iluminados de luz artificial e onde vivem bichos do mar, como tubarões, arraias, golfinhos etc.

Tudo isso, mamãe contou-me e ouvi com grande interesse e encantamento. E, agora, eu me lembrava.

Também me disse haver, em sua gruta, outros pequenos aquários, onde estariam animais aquáticos menores, tipo, cavalos marinhos, estrelas do mar, pequenas conchas, ouriços e peixinhos coloridos, iluminados.

A sereiazinha, sem ter graça de mulher, tinha, no entanto, a graça de uma foca, de um bicho e, mamãe sempre repetia, vive isolada no seu tanque aquático, de luz artificial, dentro da gruta.

Bem... e isso ficou certo.

E do conhecimento de todos.

****

De repente, no corredor, apareceu uma mulherzinha muito cheirosa, vinda da traseira do ônibus, de salto alto nos pés, roupas elegantes, desajeitada para segurar nas poltronas, medrosa para se equilibrar na velocidade da estrada, lenta, desorientada, a ver qualquer coisa que não estava, se estava naquela prateleira acima de nossas cabeças e poltronas.

Ela procurava por toda a prateleira, de um lado e outro.

Os passageiros, em seu torno, olhavam, curiosos, para ela, até que, assustada, espantada, encontrou perto e acima de nós, um embrulho e, com ele nas mãos, unhas esmaltadas de rosa, esbarrando e quase caindo sobre os passageiros e poltronas que beiravam o corredor, voltou para a sua cadeira, acomodou o pacote acima de seu lugar e sentou-se aliviada.

A mulher fez tudo isso com muita graciosidade, de modo que seu desajeito e que sua desorientação fizessem mais parte de sua graça de mulher do que, propriamente, da dificuldade em locomover-se no estreito do corredor.

Era educada e tinha sempre aquela expressão sorridente de agradecimento pela cortesia condescendente com que sabia, os outros passageiros, teríamos de tratá-la, caso se estabacasse sobre algum de nós.

Talvez seja esse o motivo de, facilmente, as mulheres que exageram na dose de graciosidade, caírem no chavão de que sejam burras, comecei a pensar. E do mesmo modo como eu, em pequeno, maravilhado, me deixei dominar por aquele meu amiguinho na casa abandonada, ao entardecer, brincando de pique-esconde, os homens, é claro, se aquiescem às mulheres para se dar bem, para facilitar o sexo, o prazer. Mas dizem que sua graça é burra...

Eles têm o romantismo, o sentimento de amor e tal, mas isso é depois. No início, estão apenas fazendo a cama para elas, pobres presas para o amor, graciosas e burras.

A mulher desajeitada pela graça é burra, porque o desajeito é burro. A graça não é burra, porque seduz - continuei pensando comigo mesmo.

No desfile de uma escola de samba, a porta-bandeira é um exemplo de mulher, porque sua graça nunca é desorientada, ao contrário, é habilmente precisa e o mestre-sala, ali apenas por medida de segurança, agradecido, enaltece-a e cuida para que ela, mais livre, desenvolva-se na avenida.

É a graça transitando entre o macho e a fêmea - sentado e olhando distraído pela janela, antes da qual mamãe estava sentada, eu ainda estava pensando.

Nossa Senhora de Aparecida é cheia de graça, mas é muito dura, reta em seu material de santa, em sua forma de pedra e ouro, inatingível, sob o manto azul que a aprisiona.

Se graça é movimento, é fluxo, onde estará a graça de Nossa Senhora de Aparecida?

Sim, deve ser de luz.

Sua graça deve ser de grande fluxo e intensidade de luz.

Se não fosse, também era burra!

Eu fiquei pensando nessas coisas, enquanto mamãe, sentada ao meu lado, estava toda redondinha, fofa e frágil, no seu vestido preto de sair de casa.

Fora do vestido e dentro da manta, friorenta, os braços, o colo, o corpo fresco é puro acolhimento.

Mamãe é um gostoso ninho.

Sua graça, detalhada no modo como seu pequeno corpinho gordo de velha, ajeitadinho na poltrona, com seus braços estendidos, mãos tranquilas sobre o colo e seu olhar pesado, cansado, olhando as árvores nos morros e pastos da viagem, através da janela do ônibus, nem mulata na avenida, nem santa debaixo do manto azul, é superior.

Mamãe é superior!

Então, a seu lado, na poltrona, bobamente, eu lhe disse, hesitante:

- Mãe, eu te amo!

- Eu também te amo, meu filho – ela me falou de pronto, carinhosa.

****

Era para eu ser como mamãe.

Era pra eu ter assimilado sua forma de falar, a forma como se estrutura o seu pensamento, sua cantiga de voz, seus esgares, trejeitos, seu ritmo, enfim, a sua graça.

Entretanto, mesmo que tenha sido ela minha mãe e que tenha me educado sozinha, sem um marido, não lhe aprendi as maneiras.

Não compreendi.

Fiquei na minha.

Sou tenso.

Ao menos, é o que suponho.

Outra pessoa que não eu, verá melhor nossas semelhanças.

À medida que entram novos anos e que me torno mais homem (no que estou sempre a me transformar), mais compreendo e conscientizo-me de sua superioridade.

Há minha devoção de filho, há toda a minha gratidão para com seu amor de mãe e meu desejo grande por elogiá-la mas, a despeito disso, mamãe merece mesmo todas as loas.

Ela é melhor! A ternura enorme que posso sentir e que recebo de suas mãos de senhora, muito lindas, sobre suas coxas, no vestido de sair de casa, embaixo do cobertor, é prova disso.

Quando eu estiver um velho, estarei como é mamãe.

No ônibus, pensando ou, noutras vezes, absorvido pela paisagem móvel de sua janela, eu fui ficando muito cheio de torpor e a demora da viagem começou a me fazer cochilar, não conseguia mais me manter acordado, porque meus olhos queriam fechar, pesavam demais.

Tentando espantar o cochilo, levanto-me escorando minhas mãos na cabeça das poltronas para ir até ao banheiro. Reparo na moça que atende às gargalhadas. Ela, sentada na poltrona imediatamente atrás à que estou, absorvida, está a ler. Tem os olhos felizes, inteligentes.

Mais atrás, no ônibus, quando passo pela mulherzinha graciosa, olho-a. Ela está de olhos serrados, entregue ao mesmo cochilo de que eu fugira e, tendo seu rosto maquiado e tranquilo, para mim, que a olhava de pé, no corredor, sentada, ela estava um pouco de perfil, recostada na poltrona.

Sobre ela, na prateleira rente ao teto do ônibus, seu embrulho.

Afora essa mulher, todas as outras pessoas que estavam no ônibus, agasalhadas pelo cobertor de viagem, me pareciam mais simples e, a maioria delas, mulheres e crianças.

A mulher graciosa não se cobriu.

Está de calças compridas brancas de um tecido fininho e, de pernas um pouco abertas. Repuxado contra o plástico da poltrona, o pano dos fundilhos de sua calça entra-lhe um pouco na racha da gorda e redonda buceta.

Na pequenez do banheiro, com o ônibus acelerado, em movimento, não consegui mijar, não consegui soltar o mijo e fiquei esperando, olhando para o meu caralho num espelho numa das laterais de seu compartimentado.

Veio-me o tesão.

Quando saí, ainda me escorando nas cabeças das poltronas, tiro num freezer, atrás da última delas, dois copos plásticos de água e volto para o meu lugar.

Apesar de ter me esticado um pouco em minha ida até ao banheiro, e apesar de meu tesão vivo, o torpor em que estou, o cansaço causado pela mesma posição de sentado e, principalmente, ter as minhas costas amassadas contra a poltrona, isso, imagino, faz com que sinta prejudicadas as veias que levam sangue para meu cérebro. Por isso, não conseguem irrigá-lo, drená-lo bem e estou, assim, como quem tem o cérebro desoxigenado.

E acho que, por isso, tenho o torpor, outra vez.

****

Mesmo que seja linda, tenho pena de mamãe com seu corpo de velha.

Por muitas vezes, ao ter-me tornado adolescente, na distração de meus pensamentos insones, engatei-me em raciocínios relacionados a velhos.

Naquela época, mamãe era jovem e, em minhas elucubrações, concluí muita coisa e dei sentido à velhice.

Depois, meu projeto inconsciente era o de jamais me tornar um senhor e, com isso, nunca ter a pele de meu rosto despregada em rugas, as minhas carnes sem apetite e a minha vida depauperada, sem suco.

****

Entrei em coma no mesmo ano em que surgiu o coquetel de remédios anti-Aids. Um de meus amigos, Edu Lontra, principalmente, cuidou para que eu resistisse.

Resisti.

Seu empenho para salvar-me foi abraçado por todos os meus outros amigos e, mudança de planos, vou tornar-me velhinho, talvez...

Ou, como a Leila, morrerei com os medicamentos.

Morreu de hepatite medicamentosa...

Em sua fragilidade, a velhice de mamãe é bonita.

A seu lado, viajando, cheio de torpor, fechei os meus olhos e continuamos quietos.

Voltei ao cochilo.

Tentava manter-me lúcido, olhando pela janela a cidade por que passávamos, ou vendo o motorista, mas os olhos pesaram e, vencido, me entreguei a curtos e sucessivos cochilos.

No entanto, algum vestígio de minha luta por me manter acordado fez-me entrar naquele estado de consciência em que se misturam vigília e sono, e que, mais sono que vigília, é delicioso.

Tendo sido vã minha tentativa em me ter lúcido, então, dentro do ônibus, num desses rápidos cochilos, correndo pela estrada, através da cidade, sentia que eu era um veio d'água movendo-me sobre a terra, impermeável, puro, translúcido, maleável.

Eu era um "eu" d'água, e meu corpo com uma força muito suave, muito sutil, seguia pelo campo por onde estivesse aberto. E por onde eu pudesse continuar com minha matéria líquida, eu fluía. Onde encontrasse resistência, represava-me e meu volume crescia até que, de novo, encontrasse o vazio, por onde eu me despencasse seguindo, como se eu já nem mais fosse corpo e fosse alma, forte, suave e densa.

Assim, num estado em que eu estivesse já pronto para entrar em definitivo no sono, mas um pouco antes, quando ainda eu não estivesse caído na explosão do nada que é ele, meus pensamentos ficaram mais soltos, libertos, e viajando, confundiam-se com sonho. Cochilava.

Comecei, então, a adorar sentir que eu fosse essa alma e que eu estivesse como líquido, e por isso eu tivesse um outro peso que não esse peso do corpo que tenho, e, sim, embora forte, estivesse transformado numa energia mais leve e mais fluida do que sou.

Em que eu era, assim, por exemplo, como deve ser o corpo de algo como deverá ser o corpo da velocidade, se houvesse corpo a velocidade, indizível, meio água, meio luz, meio vento, apenas uma energia, uma tensão, uma luz, um brilho e de uma frequência bem mais forte que a minha, bem mais forte que eu e, talvez, fizesse, agora, algum sentido, aquela equação matemática que, bobamente, tinha pensado ser antes, e que poderia ser representada por um número, sentado na pressão da poltrona do ônibus, delirando.

Ao lado de mamãe, eu ainda tinha um resto de senso e escutava, em torno a mim, o zunir do motor na viagem, o que me dava a consciência de minha transformação "naquilo", naquele "corpo" e fazia com que eu sentisse grande prazer.

Então, bateu-me, numa pancada, voz poderosa de homem. Era o motorista lindo:

- Vinte minutos para o café! – ele gritou, ao abrir a porta que compartimentava seu cubículo, para que os passageiros pudessem descer.

Estávamos parados numa rodoviária.

Sua voz máscula, quando veio bater nesse corpo em que eu estivera transformado, na velocidade desse meu corpo que era um fio de líquido avançando campo afora, mas que poderia ser, não sei dizer bem, quase um gás, flutuando em êxtase para que de meu cochilo eu passasse para o sono, sua voz forte de homem, quando veio encontrar-se com esse, talvez, número que eu fosse, abalou-me a frequência, rasgou-me o sonho, fazendo-me esgarçar e me romper. E sua pressão, quando me bateu, num sopro, explodiu-me o corpo diáfano.

E me vi, outra vez, sentado na poltrona, ao lado de mamãe, caído, afinal, com esse meu corpo mesmo que tenho, de carne e osso, humores, unhas e cabelos.

Mamãe, então, ordenou:

- Não irei descer. Desça e traga um salgadinho pra mim. Não demore.

- Já? – eu falei devagar, acordando. – Que viagem mais rápida! Está rápida a viagem, não está?

****

Eu, depois que comecei a nadar, motivo pelo qual recebi alta da fisioterapia e da fonoaudiologia, sinto que meu corpo melhor se apruma quando estou de pé.

Além de ter ganhado músculos mais fortes em minhas costas e pernas, o meu tórax e o meu abdômen ficaram com músculos melhores definidos e isso faz com que eu respire melhor.

É por isso que minha voz, modificada após o coma, por conta da destruição dos neurônios responsáveis por sua mecânica, tem melhorado a cada dia. Destruídos, os neurônios que comandam os músculos de meu aparelho fonador, incoordenados, produzem uma outra voz, mais lenta e mais rouca. Acho que tenho conseguido que ela vá ficando melhor, fortalecendo a musculatura dos peitos e costas com os exercícios físicos, nadando.

Fico, nalgumas vezes, pensando, se um corpo, quanto mais bonito e melhor conformado seja, tanto melhor não seja sua saúde.

E acho que isso é certo.

Meu corpo melhor se apruma, quando estou de pé, porque, depois que comecei com a natação, assim, nadar, estar envolvido, em pleno movimento, pela água da piscina todos os dias, por uma hora, estar envolvido por sua densidade, tudo isso, reajustou meu equilíbrio, e não sei explicar o porquê, exatamente.

O que sei é que meus pés plantam-se melhor no chão, quando saio da gravidade da água e tenho de avançar atmosfera afora, vivo, respirando, no mundo.

O que os pardais de meu bairro conseguem na atmosfera, suspenderem-se através da pressão das asas com o ar, deslocarem-se planando, flutuar, consigo na água movimentando-me simetricamente os membros e cabeça.

Na piscina, voo.

Nela também, a resolução da equação que pensei, loucamente, haver no ônibus em movimento, é outra.

Por isso, porque minhas sequelas ficam minimizadas na gravidade da água e porque consigo movimentar-me normalmente dentro de seu peso, nadar me melhora tanto.

Assim, com a sola dos meus pés inteira espalhada dentro do tênis, levantei-me da poltrona e desci os dois degraus do ônibus para a gravidade e luz da rodoviária em que paramos.

Segui, vaidoso, sem bengala, pelo cimentado da rodoviária em direção à lanchonete.

É gostoso estar em chão firme, fora da velocidade do ônibus. De novo, a equação matemática teima, ganha importância, outro número, outro resultado, para mim, mais firme e seguro.

Apesar de não estar safo, totalmente, de minhas sequelas motoras, pois que ainda cambo, mancando um pouco para a esquerda e tenho de estar muito concentrado no caminhar para que não perca o equilíbrio, andar assim, como estou, tão colado no chão, com meus pés espalhados nos sapatos, me dá prazer.

Parece-me até que ando melhor agora, que ando tão concentrado em meus passos, do que sempre andei desde menino.

Em menino, sem prestar atenção a meu caminhar, eu andava como que flutuante, muito mais atento às coisas que se passavam por minha cabeça, que, propriamente, no meu caminho e o automatismo com que me habituei a sempre andar, assim, desligado, com a cabeça cheia de ilusão, nas nuvens, teve como efeito tornar-me a carne mole, sem músculos desenhados e mais bonitos.

Minha desatenção a meus próprios passos não me deixou com os músculos firmes, como eu via serem outros meninos menos aéreos. Por isso, fiquei fraco, cheio de preguiça e lassidão.

Minha nova obrigação de estar atento a minhas pernas, ao modo como firmo meus pés no chão para que, desse modo, eu recupere o meu equilíbrio deixou-me melhor, mais vivo, mais duro, dinâmico.

Animado, antes de entrar para a lanchonete, entro num corredor, onde uma placa a minha frente indicava: banheiro masculino.

Tenho vontade de urinar.

Depois que comecei a tomar tantos remédios, o coquetel de remédios para a Aids, minha necessidade de urinar e de beber água aumentaram. Preciso fazer isso várias vezes no dia, sem que eu tenha calor.

E imagino que ter usado sonda durante dois meses de hospital tenha tirado minha naturalidade para mijar, de modo que, ora mijo fartamente, ora o jato de urina é minguado, pouco e fino, terminando tudo num pingar demorado e doído da urina.

Por isso é que não consegui urinar na velocidade do ônibus em movimento.

Ou estou velho?

Agora que tenho vontade de urinar, não olho ninguém.

Vou por aquele corredor.

Sem olhar, sigo, imediatamente após entrar no imenso banheiro da rodoviária, para uma das cabines que estão vazias.

À minha direita pressinto homens, que elegantemente vestidos, com suas roupas de viagem, de pé e com os paus pra fora, mijam diante da louça branca dos mictórios saídos da parede.

Não gosto de mijar assim, junto com todos. Procuro uma cabine onde me esconder.

A que entrei é logo uma das primeiras na fileira dos banheiros e fica na mesma direção em que os outros homens estão, pernas abertas, de pé, voltados contra a parede.

Fechando a porta, deixo-os urinando atrás de mim e tiro meu pau da calça.

Dessa vez, sai um mijo gostoso, farto, barulhento na poça d'água da privada.

Banheiros públicos deixam-me tenso, mas sozinho, isolado em minha cabine, ouvindo o som de meu próprio mijo abrindo a poça d'água da privada, relaxo e mijo tranquilo, sentindo esmaecer, à medida que esvazio minha bexiga, aos poucos, a fissura ou dor-prazer típica do urinar.

Essa situação em que temos de estar, nós os homens, nos banheiros públicos, um bando de nós de pau à mostra, urinando, é, mesmo, muito excitante.

Imaginar, ou ver os homens com seus paus murchos, em silêncio, grandes ou pequenos, grossos ou finos, projetados dos montes de pentelhos, de onde saem fios finos ou transparentes ou dourados de urina quente e líquida, os homens olhando, de olhos abertos, e ver o que denunciam suas fisionomias nessa hora, é legal, porque, se temos tesão, sabemos o que poderá rolar.

Eu sei disso. E sei, também, que o excitante seja o imprevisível.

E num flerte feito de uma infinidade de momentos imprevistos e novos com um estranho, conheço os movimentos todos e as taras todas, que podem acontecer entre mim e um outro homem, num banheiro público.

Mas eu não iria me deixar tomar por essa onda.

Para colocar-me nessa aventura era necessária uma tarde inteira, um dia inteiro, toda uma noite e, na viagem com mamãe, mesmo que eu estivesse cheio de tesão, não iria ficar pegando, olhando no banheiro, assim.

Dispunha apenas de vinte minutos.

E se eu estava afim, e isso eu fiquei pensando enquanto urinava, iria me masturbar isolado em minha cabine e pronto, ficaria bem.

Ouço barulhos de água das pias, ouço pigarros surdos. Sinto homens que fumam, ouço, ainda, os barulhos de outros caras mijando nas cabines de ambos os lados da minha.

O prazer que vou sentindo ao mexer no meu caralho, na cabine, vai deitando-me um pouco a cabeça para trás.

Um outro homem entrou e fez cocô.

Ouvi seus pelotos de bosta caírem na água da privada, ao lado. No banheiro muito limpo, higienizado, nada fedeu.

Foi um gozo longo, farto e único.

E três jatos de porra ficaram flutuando, desenhados, feito linhas de nuvens no céu, na água parada, dourada, da privada.

Dou descarga e com o papel higiênico que encontrei ali ao lado, limpei minha mão e a cabeça do pau.

O banheiro ficou em silêncio.

Só então é que no fundo e muito baixinho, dei-me conta que havia música ambiente. Era Pitty.

Ajeitando-me na calça, saio da cabine.

Quando olho, na parede de onde saem os mictórios, apenas, um homem. Está elegantemente uniformizado e dos muitos panos de sua calça, a despeito de eu ter acabado de gozar, escapulia delicioso, comprido e grosso caralho murcho, cheio de peles macias, pálidas, mas suculentas, mijando.

Imediatamente, penso na Virgem Del Lidón. Um falo entrado no útero da santa.

E entendo tudo que na vida há de mais sagrado.

Era o motorista lindo, de nariz grande, que mijava.

De perto, vi que seu rosto era sanguinolento e que os olhos também cheios de sangue, entre os quais ficava o nariz grande, eram suaves, muito suaves.

Ele sacudiu o pesado pau e o guardou nos panos da cueca.

Quando me viu, cumprimentou-me com a cabeça.

- Opa! – eu balbuciei e saí do banheiro.

Cheio de graça, eu segui para a lanchonete para comprar o salgadinho de mamãe.

Ver o pau do motorista, sua aparição pra mim, foi algo, como minutos atrás, a vez em que, antes que eu descesse do ônibus, sua voz explodiu-me o corpo de velocidade que eu estive a ser, cochilando, sentado na poltrona, ao lado de mamãe.

Agora, dessa vez, no banheiro, meu corpo manteve-se intacto e paralisei, explodindo um "Opa"!

E eu seguia, sempre adiante e um pouco mancando, firme, entre as prateleiras e balcão da lanchonete, até onde estava a estufa de salgadinhos.

O que, dessa vez, estupidamente, havia se esgarçado num corte, fora a carne de meu coração, que eu sentia como um lume, escaldante e nervoso.

Lume esse que se fizera redoma para a imagem de seu caralho, despencando entre seus dedos, amolecido e grosso, pálido, no centro de meu peito.

****

Comprei um risólis para mamãe. E, para mim, guaraná.

Fiz tudo muito rápido, pois não sabia quanto tempo eu tinha perdido masturbando-me na cabine e fiquei tenso, com medo de que o ônibus partisse sem mim.

Quando voltei, rápido, ao lado de mamãe, no ônibus, e entreguei-lhe o risólis, perguntei:

- Demorei muito? Comprei um risólis!

****

Mamãe não quis mais comer seu risólis, deu uma primeira mordida e não quis, quando veio vindo o motorista. Ele, ainda, não tinha subido para seu compartimento, no ônibus, e conversava simpaticamente com um despachante na plataforma.

Estava de pé e gracejava com o outro homem.

Do alto, pelo vidro, olhei entre suas pernas, sob o pano de sua calça de uniforme e, a não ser pelas curvas e sombras avolumadas para conter seu pau preso, ali não havia mais vestígio da visão que eu tivera no banheiro.

O lume de meu coração tremeu nervoso, com ele dentro, Virgem Del Lidon, sagrado coração, e endireitei-me na poltrona.

Vi-o sentar-se na direção do ônibus.

Na direção da luz, da luz diuturna que vinha da plataforma da rodoviária onde estávamos, mornos e grossos dedos nas curvas do volante, o motorista deu ré e partimos.

Ao olhar para a plataforma da qual começávamos a nos afastar, vi, de pé, tensa, montada nos saltos altos, na sombra, a mulherzinha graciosa.

Junto a si, uma grande mala esverdeada.

E segurava o embrulho, olhando, como quem esperasse por alguém.

O ônibus não ficou, pegou o asfalto e correu.

Continuamos a viagem.

Pela janela ainda víamos a cidade de onde o ônibus saía.

Mamãe a olhar pela janela via, embaixo da luz do sol, entre as árvores, um conjunto de casinhas todas iguais, um exército de casas enfileiradas, formadas nos quarteirões do bairro por onde o ônibus passava.

Ela exclamou, maravilhada:

- Já pensou se tivéssemos uma casa assim?!

- É bonito, né! – eu disse.

E um pouco depois, entramos na estrada onde o céu azul turvando, anunciava a tarde.

Eu disse:

- Já fizemos mais da metade da viagem, mãe – e ela ainda tentou morder o risólis em silêncio, desistiu, insatisfeita.

Farelinhos do risólis, como ciscos, caíram-lhe no vestido preto.

Ela os bateu para o chão.

****

Minha voz é muito estranha, por causa de minha incoordenação motora. Tenho dificuldade para pronunciar os fonemas e a força que preciso fazer para dizê-los, incham-me as veias do pescoço.

Também, para que eles saiam, é necessária muita concentração e, desse modo, as palavras ficam lentas, explicadas, com a pronúncia exagerada pelo esforço em dizê-las. E embora saiam explodindo altas, roucas e arranhadas, são sempre minuciosas em sua pronúncia.

Essa minha vagarosidade para falar, faz parecer que eu seja um débil mental, alguém que custasse a achar as ideias. Ou, numa hipótese um pouco melhor, alguém que não soubesse a língua portuguesa e custasse para encontrar as palavras, as ideias.

Apesar disso, é mais comum que eu seja confundido com um debiloide que com um gringo. Ainda mais que estou sempre acompanhado de mamãe, o que me tira todas as iniciativas solitárias de pessoa adulta.

Por causa dessa minha voz que faz com que me pareça um retardado, uma vez, no supermercado ao fazer as compras do mês, quando tomei a frente de mamãe para dar o nosso endereço de entrega a um funcionário, ao terminar de dizer-lhe onde era nossa casa, ele se virou para mamãe que estava um pouco mais atrás e disse:

- Ele sabe direitinho! Não é, senhora? – ela e eu ficamos quietos e saímos do supermercado, em silêncio.

****

Um rosto da poltrona vizinha volta-se para mim, porque em minha lentidão, ouviu-me dizer, quando mamãe não quis comer:

- Não está gostoso, mãezinha? Não quer mesmo comer nada?

- Não. Só quando eu chegar, lá, comerei – ela disse. E guardou o risólis em sua bolsa de mão.

****

Com efeito, curto pensar que eu tenha uma presença física nobre: pequeno, quieto, frio.

Mas minha hipotética, aparente nobreza, que é um conhecimento acumulado pelos ancestrais e que transforma todas as coisas aprendidas em delicadas, mesmo que em meio à crueldade da vida bruta, essa minha maneira, que gosto de imaginar fazer parecer que eu seja um homem gentil, ela vem toda da simplicidade e poesia do jeito caipira de mamãe, cuja origem está no jeito dos camponeses italianos plantadores de trigo da região do Monte Paloma, na Calábria.

Entretanto, como eu disse antes, com minha voz arrastada, o que pareço mesmo, é um doido.

****

O mundo interior de mamãe é movediço, sem rigidez.

Se, naquela vez, depois de o ônibus ter saído da rodoviária em que saltei para comprar-lhe o salgadinho e onde, no banheiro, deparei-me com a aparição esplendorosa do motorista, lindo, diante da louça do mictório, com o seu grande e grosso caralho pra fora dos panos de sua calça, mijando, se, naquela vez, como resposta à sua pergunta sobre aquelas casas enfileiradas na beira do asfalto, eu tivesse lhe dito que são casas horríveis, tenho a certeza de que ela, imediatamente, se acomodaria a minha opinião.

Em sua doçura, quase nunca a vi discordar de alguém, discutir opiniões, convencer com argumentos, opor-se a outras ideias.

E isso, a meu ver, lhe dá muita grandeza, porque não sendo desprovida de escolhas e porque mamãe é uma mulher com direção e não é uma tábua no mar, tem, no entanto, grande poder de desarraigamento.

Esse seu desprendimento faz com que, naturalmente, mamãe se desenvolva, obtusa, aberta, alheia. E com maravilhosa ternura, como norte.

Desse jeito, suas ideias, seu pensamento, sua inteligência, movimentando-se peculiarmente em seu espírito, teve como efeito torná-la uma rústica sábia.

Então, eu fico me debatendo em seu torno, mariposa tonta.

Sua sabedoria e coração dadivoso fazem com que me sinta um privilegiado em ter-lhe a companhia.

Esse sentimento, aliás, típico nos homens que se deixam envelhecer ao lado de sua mãe, prestativa e submissa, não é apenas o privilégio de ser tratado de modo a que eu seja um rei, um senhor. Mas o privilégio de conhecer e estar com uma pessoa como é mamãe: mansa e pura.

E me adora.

Então, o que a deixa salva em sua fragilidade e delicadeza, é que nunca pensou em se impor.

Sequer se impor para si mesma.

Está alheia. Solitária e livre como um passarinho.

Mamãe é um passarinho.

Que fortaleza!

Onde estará seu pensamento, agora?

Só tem a mim no mundo.

Aos vinte anos foi que me dei conta de que uma pessoa, se não tem mais vínculo familiar com alguém, possivelmente, fica sozinha na vida. Porque, dificilmente, os amigos permanecem, sem que antes, as vicissitudes de suas próprias histórias os levem pra longe.

Mamãe, em toda sua vida, em sua história, não estabeleceu laço afetivo permanente, a não ser comigo.

Eu também não estabeleci nada, com ninguém.

Sua sabedoria, que a tornou essa velha doce, suave e muito sociável, não a livrou da solidão.

Sua solidão é sua liberdade.

É claro que, juntos, eu e ela, sozinho, faço um pouco o papel do dominador, opressivo e absoluto.

Cheia de graça e solitária, ela cuidou para que eu fosse esse capelão.

Entretanto, sou um homem sem poder e mamãe é livre!

Tem horror a lugares pequenos.

Certo dia, pela manhã, perguntei-lhe:

- Mãe, e meu pai?

- Seu pai já foi pro inferno, meu filho! – e isso é tudo o que sei a respeito dele.

O cubículo do ônibus, no qual estamos a viajar, não a assusta, porque ganha espaço olhando para a paisagem móvel da janela, movediça como é o seu interior. Quer sentir-se solta. É movediça. Não é encanada. Responde, imediatamente, ao que lhe solicitam, sempre pronta. Mesmo que se distraia, está sempre sabendo o que se passa ao redor. É isso que lhe dá mobilidade e não lhe desorganizando, não lhe deixa nunca estar imersa numa poça de tédio. Mesmo em silêncio ou sozinha, flui, porque é interessada nos outros. Os outros é que lhe dão movimento.

É só e é livre.

Entre nós não há a intensidade de sentimentos que envolvem e aprisionam as ligações sexuais.

Se eu fosse seu homem, o que me daria menos poder que tenho como filho, provavelmente, ela estaria menos a meus pés. Porque mesmo que mamãe veja em um homem alguém que lhe seja superior, se fizéssemos sexo, teríamos quebrado o invólucro de nossa redoma. E ela não reagiria a mim com devoção.

Seria sexo, desejo.

A Virgem Del Lidón, o falo dentro da redoma que o aprisiona, nunca escapole de seu invólucro. Mamãe escolheu-me para seu homem superior e sem sexo.

E não escapo.

Se eu olho para o motorista lindo, seu caralho, despencado no lume de meu coração, treme, aprisionado no meu peito.

Mamãe é livre. Sem sexo.

Desejo-lhe a imortalidade.

Não entendo isso.

Os católicos e evangélicos é que seguem para a vida eterna, quisera, sem o prazer do sexo.

É superior.

E está em silêncio na poltrona que beira a janela, olhando para o nada.

Não mastiga mais Cream Cracker. Nem risólis.

As curvas da estrada, o acelerar e desacelerar do ônibus, suas subidas e descidas, massageiam, pressionam-me a raiz do caralho no almofadado da cadeira e me excitam outra vez.

Meu tesão e o meu caralho intumescido fazem-me ter a noção de realidade, tiram-me do delírio de olhar para os pastos em movimento, para os círculos de pastos passando e vejo apenas pastos passando na janela, sem delírio ou sem misturá-los comigo, ou às ideias com frases inexatas.

O tesão é o mais real e verdadeiro para mim.

Não sei como é o períneo de uma mulher, mas o meu é a continuação de meu caralho, é o seu talo.

Ao lado de mamãe, pernas abertas, aperto meus ovos sob a manta, faço-os doer um pouco, espreguiço-me, acho gostoso. E esqueço-me a olhar pela janela.

Não sei onde estamos.

Novamente, amontoam-se casas sem reboco na grande extensão do planalto onde está o asfalto.

Às vezes, atrás das casas, distante, aparece uma montanha coberta de árvores.

Penso na vida dos bichos.

Penso na mais alta árvore.

Sempre urubus à espreita.

Que punk!

Que gótico!

Depois que me arejei o corpo na rodoviária em que paramos, nosso passeio, apesar da estrada muito boa e do frescor do ar condicionado, por obrigar-nos muito tempo a uma mesma posição de sentados, começa a deixar-me, outra vez, naquele embotamento das viagens mais longas.

Olhando a cidade à beira do asfalto, disse para mamãe:

- Há tanta coisa no mundo que não conhecemos...

- Também não imaginam a gente – respondeu.

Mamãe não tem, como os velhos inúteis, o cheiro ácido e antisséptico das coisas por muito tempo guardadas. Por ser uma mulher ativa, e que se responsabiliza nos afazeres domésticos, tem o cheiro fresco, de pele sempre renovada, embora seja uma senhora e tenha muitas rugas. É uma delícia abraçá-la e tenho esse ímpeto todos os dias. Abraço-a tão completamente como imagino devam fazer os namorados.

E é uma delícia.

A seu lado, outra vez, como eu já disse, cheio de preguiça que causam os ônibus de viagem, deito minha cabeça sobre seu ombro.

Não sei se esse meu gesto de ternura ou apenas minha maior aproximação ao seu corpo, fez-me sentir que ela respirasse com mais força e mais calor.

Minha respiração foi, aos poucos, tornando-se com o mesmo ritmo e força da respiração de mamãe. Dou-lhe beijinhos na fronte.

Curti um pouco o ninho e, reagindo à inércia, quis endireitar-me, de novo, em meu lugar.

Tomei prumo, centralizei meu corpo na poltrona e olhei através da janela.

Era um trecho em que o pasto, recoberto de pequenos murundus de terra avermelhada, deixou-me curioso. Pensei serem murundus feitos por cupins, mas porque haver concentração tão grande de murundus? Seria o mesmo se milhares de abelhas decidissem fazer suas colmeias num mesmo pedaço de pasto, demonstrando um tipo de organização superior ao que se conhece da organização das abelhas – eu fiquei imaginando.

- O que será que são aqueles murundus? – perguntei apontando.

- São casas de corujas – mamãe disse.

E um pouco distante, atrás, na estrada, num dos moirões que sustentavam o arame farpado, na cerca que separava a estrada do pasto, pousada, na tarde que caía, uma coruja girou a cabeça.

O ônibus passou.

O veloz deslocar do ônibus no asfalto fazia o vento abanar as árvores à beira da pista e sobre todas as coisas que eu via pairava a luz fraca da tarde.

Dentro do frescor do ônibus, meu corpo e o de mamãe surgiam na sombra. A luz que vinha até nós, não se irradiava fervilhando. Vinha, refletida das outras coisas, já abatida de sombras, suave, fresca.

Eu estava com fome.

Comecei a comer o sanduíche que me ofereceu uma moça, logo que entrei no ônibus. Como nos aviões, também nos ônibus, antes de sua partida, agora, fazem uma espécie de serviço de bordo.

À minha frente, atrás do vidro que nos compartimentava, o que mais concentrava e irradiava luz, era o motorista com seu grande nariz. Sua luz chegava para mim em forma de calor.

Num momento, encontrei seu olhar no retrovisor e meu coração borbulhou.

Que delícia! Que graça!

Eu comia meu sanduíche.

Mamãe em silêncio, viva, a meu lado.

Nossa respiração não estava mais em sintonia, sincronizadas.

Está linda.

Não é linda para outra pessoa que a veja. Mas vê-la de onde estou, com os ligamentos que o afeto teceu entre a gente, ela, com sua barriga bojuda e sua pele muito fresca, ela, com o risco de batom vermelho no lábio fino de madona, é linda.

Ficamos os dois olhando a paisagem na luz que entrava pela janela.

Mamãe falou, animada:

- Olha! Aquela árvore!! Veja como ela é comprida!!!

Olhei para mamãe virando-me, comendo meu sanduíche, e dei um sorriso meio pirado, meio idiota, meio bobão.

Procurei o motorista no retrovisor.

Ele, concentrado, via a estrada.

O ônibus seguiu na luz e ficamos em silêncio outra vez.

A árvore, para trás, sumiu.

****

Há um tempo, após terem me encontrado caído, desacordado, numa esquina perto de casa, o carro da polícia levou-me para o hospital.

Dois meses depois, quando voltei para casa, estava tão detonado, que não andava.

Meu braço esquerdo tinha ficado numa mesma posição por muito tempo com o catéter de soro e, como o corpo dos mortos, tinha ficado duro, apenas se movia, um pouco mais, na articulação do pulso. Nem mesmo os dedos moviam-se sem doer.

Tudo se enrijeceu pela falta de movimento, talvez, porque nesse meu lado, o sangue não estivesse sendo drenado direito, devido à isquemia que tive. Em casa, meu braço se mantinha na mesma posição em que esteve por tanto tempo na cama do hospital, imóvel, dobrado.

E não esticava mais, não mexia.

Minhas pernas, sobretudo, a perna esquerda, tinham seus movimentos inseguros, lentos, desequilibrados, adormecidos.

Então, na hora do banho, mamãe, junto com uma de suas vizinhas, colocava-me numa cadeira sob o chuveiro e me passava sabonete no corpo macérrimo.

Ela tinha decidido que cuidaria de mim, que eu ficaria bom e, para isso, começou a agir como se fora muito mais moça e fosse aquela época em que, jovem e ágil, cuidava de patrões entrevados.

No interior, numa das várias cidades em que morei na minha infância, houve uma época em que mamãe especializara-se em cuidar de patrões entrevados. Eram velhos senhores, velhas senhoras, que eu via com as suas bocas abertas, já como cadáveres, na penumbra ácida dos quartos.

Quando um morria, imediatamente, ela era chamada para outro que tinha tido o derrame.

Dessa vez, quando cheguei do hospital na cadeira de rodas, começou a agir como aquela jovem que cuidava de um patrão. Mas seu corpo de setenta anos, obviamente, não respondia mais ao desejo de agilidade sem reclamar.

Como uma máquina prestes a enguiçar, tinha os movimentos descontrolados. Tinha alguma força ainda, mas não havia controle. Mamãe estava esgotando a última reserva de energia de seus músculos e, descontrolada, estava para pifar.

Eu, surpreendido com o estado paralítico em que, de repente, me encontrara e, nas horas lúcidas, concentrado em me safar o mínimo que fosse de sua prisão, não tinha reparado o quanto minha mãe se tornara estabanada.

Naquele primeiro banho, enquanto a vizinha controlava a força da água morna que era derramada sobre o meu corpo, ensaboou meus cabelos com tanta força e estouvamento que me machucava. Não supus que estivesse nervosa:

- Está com raiva de mim, mãe?

- Deus me livre! Eu nunca tenho raiva de você – e a partir dali começou a tomar os remédios calmantes.

Eu tomava muito mais remédios do que tomo agora, porque, além do coquetel de remédios para a Aids, tomava outros remédios para controlar a neurotoxoplasmose, acho que para controlar a meningite criptocócica e remédios para os efeitos colaterais. Mamãe tomava os remédios de pressão, diabetes, os calmantes...

Desde que comecei a tomar os terríveis remédios do coquetel para Aids, ouço dizer que a tecnologia médica é rápida, que logo surgirão remédios melhores e tudo, mas engulo, todos os dias, nos mesmos horários, há anos, essas ratazanas nojentas.

E, desde então, tenho sido terrivelmente domesticado por elas, por seus horários.

É certo que estou aproveitando a liberdade da viagem sem tomá-los, mas não saberia mais estar fora de sua disciplina, fora de sua grade.

Não tenho medo do vírus HIV.

Tenho medo é de não saber administrar o meu tempo e medo de me perder em sua grandeza.

Os remédios deram-me determinação. Através deles, fragilizado, determino meus dias, o tempo, meu cotidiano. E são bons.

O primeiro dia em que eu, ainda muito combalido pelas sequelas do coma recente, inocentemente, engoli as duas cápsulas de Crixivan pela primeira vez, minutos depois, minha barriga cresceu tanto quanto a barriga de um sapo morto.

E comecei a me nausear, a me nausear e a me contorcer, como se tivesse engolido ratos, ratazanas vivas. Era assim que, olhando para minha barriga estufada, deitado por todo o tempo, no sofá da sala, me sentia. Como se tivesse engolido bichos nojentos.

Minha saída era ir para o banheiro com o estômago e alma revoltos, vomitar, jogar para fora os ratos e voltar para a poltrona da sala, aliviado feito um príncipe.

Depois, engolia outras ratazanas de volta, na forma de cápsulas brancas do Crixivan, enormes, com umas letras pretas impressas, que sequer eu lia.

E adaptei-me à sua náusea, minha alma se amansou, porque, clinicamente, não poderia ficar sem os remédios que compunham o coquetel para a Aids.

Naquela época, eu estava com as sequelas deixadas pelo coma mais acirradas, o que me deixava cheio de limites. Minha vida, os meus dias eram, em sua maior parte, gastos em ficar na poltrona da sala, em completa exaustão, cochilando, digerindo as ratazanas imundas.

Era assim que eu digeria as cápsulas de Crixivan.

Se um amigo trouxesse um filme para assistir, quer dizer, para que eu me distraísse, eu dormia. Os remédios me tiraram toda a resistência, no início.

E eu dormia.

Foi quando mamãe começou a me levar toda noite para treinar andar na rua em frente a nossa casa. E quando terminávamos esses passeios em torno do nosso quarteirão, ela me fazia escorar em nossa mesa, na varanda, e muito desajeitada, esticava até onde fosse possível, por dez vezes, meu duro braço esquerdo.

Minhas limitações físicas valiam também para meu espírito, pois como diz aquele ditado "o que os olhos não veem, o coração não sente". Por que, se eu não saía mais, se não caminhava mais sozinho, se não andava pelas ruas por onde meu nariz apontasse, então, tinha, por isso, menos o que sentir, menos o que contar e preencher meu peito, dar volume a minha alma.

E o meu estado de vazio, somado aos enjoos e exaustão do Crixivan, enchiam-me de irritação. Sentia muita raiva e explodia à toa, porque comecei a ter de prestar atenção em coisas que em mim, antes, não tinham significado algum.

Do que mais me dei conta, e do que mais me ressenti, foi não poder exercer mais minha vaidade.

Foi quando tive a conscientização de que, para mim, andar até o boteco da esquina para comprar um maço de cigarros e voltar pra casa com um deles aceso, pitando, era uma atitude que me engrandecia enormemente. Minha vida poderia valer apenas por esse pequeno fato. E eu não conseguia mais, não tinha mais independência pra isso. Estava transformado num molambo, um trapo dentro de casa, aos cuidados de minha mãe.

Cheio de raiva, eu, sequer, fumava mais. Parei.

Não dizem que o universo é resultado de uma explosão? Então?

Minha raiva era parte de meu impulso espontâneo, para ficar, a cada dia que passasse, melhor.

Eu achava que um dia, de uma explosão de raiva, aos gritos, minha voz renasceria perfeita, minha motricidade se restabeleceria e eu sairia a andar e a cantar, perfeitamente, num dia de sol.

Era uma raiva boa a que eu tinha, uma raiva construtiva. Através dela é que eu reconstruiria meu mundo.

****

A cápsula de Crixivan tem um cheiro revoltante para o estômago.

Acontecia de, ao engoli-la, o meu âmago se debater, estufando-se, completamente, para expulsá-la, enquanto ela entrava pelo meu corpo adentro.

Era como o meu espírito que se revoltava e, por isso, a cápsula se prendia ainda nos canais da garganta, cujas mucosas fechavam-se, e não deixavam que ela descesse para os ácidos digestivos do estômago.

E a parte atingida no meu cérebro pelo protozoário parasita da neurotoxoplasmose afetou-me toda a motricidade muscular, incluindo o controle motor de meus músculos de engolir, então, eu não conseguia agilidade suficiente para me safar daqueles, como que ratos, alojados entre as carnes de minha garganta.

E eu não sei por que misterioso movimento de repulsa, quando um deles alojava-se nas profundezas de minhas narinas e, espumando, começava a destilar seu gosto amargo e estranho de petróleo, desde o estômago até a ponta de minha língua, meus músculos e vísceras começavam a se convulsionar e eu os expulsava com vômitos terríveis, barulhentos, como se eu fosse um dragão que esguichasse longas e fortes labaredas de fogo, mas que, mesmo assim, me causavam grande alívio.

São, de verdade, torturantes essas vezes em que não consigo engolir os bichos.

Mesmo ainda com relação às ratazanas, tal como elas são ou tal como as sinto, dizia-se que, depois de algum tempo, de o organismo acostumado a sua putrefação em meu estômago, eu me sentiria normal, como quem tivesse bebido água pura.

Realmente, os vômitos esparsaram-se um pouco, mas o mal-estar, o enjoo, e, principalmente, a exaustão em que fico enquanto elas, depois de engolidas, debatem-se e se afogam dentro de mim, estertoram-se morrendo, incham, explodem e putrefam, ainda tenho todos os dias.

Como, durante muito tempo, a despeito de monstruosas, fui assíduo e organizado em ingeri-las (mamãe é quem me as serve), não é possível, com o aparelho de medição disponível na rede pública de saúde, que se detecte vírus em meu sangue e meu cd4, que é a medida de minha defesa orgânica é, como é o cd4 de uma pessoa saudável.

Por isso, e porque não me habituo às ratazanas escrotas, mas já domesticado, eu faço pequenas interrupções no tratamento, o que, por enquanto, não tem me atrapalhado.

Nesse final de semana, para a viagem, não haverá ratos!

****

Entardeceu.

Pela janela adentra uma luz mais escura, turva, quase uma sombra cintilante que o vidro da janela filtra. Surpreende-me que uma cidade do interior, por onde a estrada atravessa, não seja um pobre vilarejo onde passe um riacho entre os montes, acompanhado da linha do trem, mas que seja uma grande cidade, moderna e rica.

Já estamos no estado de São Paulo, concluí.

Procurei, novamente, o olhar doce do motorista pelo retrovisor. Outra vez, está concentrado na estrada.

O ônibus desacelerou. Parou.

Pessoas começaram a chegar na beira da estrada e formaram pequenos grupos de conversa. Fizeram-se, separadamente, grupos de mulheres e grupos de homens.

Dentro do ônibus, algumas pessoas levantaram-se, no frio do corredor, a ver se descobriam o que estava a acontecer. Uma criança correu entre elas aos gritos da mãe.

Olho a janela e vejo os telhados de casas construídas há pouco. Todo um bairro de telhas limpas, vermelhas, sem aquele musgo escuro causado pelas chuvas, que as envelhece.

Solitário, um rapaz sobe por uma das ruas de paralelepípedos novos, que beiram o asfalto.

Um rapaz novo, rua nova que sobe, bairro novo.

E a tarde envelhecendo tudo.

Depois de um tempo, o ônibus voltou a ir devagar. Ainda tive tempo de ver que esse rapaz, aproximando-se de uma amendoeira crescida no barranco, abriu sua calça e enfiando a mão, dentro, até ao fundo, entre as suas pernas, trouxe para a luz, arrastando-se pelo dorso de sua mão, saco e caralho que pularam no ar, presos no seu corpo de jovem másculo, à beira da árvore.

Ele começou a mijar pela tronco e raiz dela, a raiz derramada e exposta na terra como nervos, veias ao redor da árvore, no chão.

Embaixo, no asfalto, as pessoas falavam, sem ver.

Eu, de dentro do ônibus gelado, dentro de nossa manta, vi com maravilha seu movimento, quieto.

Isso se passou rapidíssimo e ficou pra trás, na estrada.

Mamãe não viu. O sexo do rapaz não era, exatamente, visível pra mim. Mas seus movimentos ao pé daquela árvore, seu corpo bem plantado no chão com as pernas másculas, me sugeriram um sexo imaginário, forte, ideal, lindo.

A meu lado, não entendo o que mamãe fez com seu sexo. Seu desejo não reage aos homens. Também nunca conversamos sobre esse assunto.

Estamos indo para Aparecida do Norte.

É padroeira, é adorada, é milagrosa.

De repente, na tarde azul, ficou visível, do lado do céu que dá para nossa janela, a lua.

É quarto-crescente esbranquiçada.

Quando cintilar, vai aparecer uma estrela ao lado.

A vida é maluca, a vida é maravilhosa.

Pedaços da cidade continuam a passar pela janela. Mamãe tem razão: por que querer tanto assim o motorista?

Começou a falar:

- Quando eu era pequena, eu era assim, do tamanhozinho do Pedrinho e, então, meu irmão mais novo deu água no joelho. Meu pai levou ele no médico da cidade e fizeram uma operação. Depois, tiveram que repetir a operação por duas vezes, porque a água do joelho voltou. Mas seu joelho endureceu, ficou duro, e ele não andou mais, porque ainda era quase um bebê, e andava de pouco tempo - fez uma pausa, olhando pela janela e continuou:

- E tinha uma rezadeira que o povo fazia fila para ela. Meu pai levou meu irmão lá.

Botou ele na garupa do burro e foi.

A rezadeira rezou, colocou óleo de capivara. Antigamente, vendia óleo de capivara nas farmácias. E a rezadeira deu a meu pai um pedaço de sebo de carneiro para ser derretido numa frigideira e enfaixar o joelho endurecido – então, mamãe me olhou firme, pra sentir minha atenção e terminou:

- Meu irmão voltou a andar!

- Antigamente – ela ainda concluiu –, quando para se encontrar um médico, tinha que se andar muito a cavalo, as pessoas se viravam com remédio de mato e rezadeiras...

- É um milagre dos santos – eu disse sorrindo.

- E acima dos santos, o milagre de Deus!- mamãe falou.

O ônibus avançava tarde adentro.

Pela janela, árvores na sombra, árvores solitárias, avistadas ao longe, deslocavam-se para trás, no planalto descampado.

Em sua poltrona, com o seu corpo que estufava o volume de nossa manta, respirando, mamãe entrou em silêncio.

Fiquei quieto também.

Nas duas outras poltronas, na fileira oposta à nossa, um senhor e uma senhora.

A velha, no canto, dormia, boca aberta, ressonando.

O velho, mais próximo a mim, o corredor entre nós, vivo, olhava. Nossos olhos se encontraram.

Era moreno, tinha a barba bem feita. Tinha narinas enormes com pelos escapando no nariz achatado. Camisa de malha branca, mangas curtas, braços fortes, mas murchos, com pelos brancos. A calça comprida de tergal, larga. Sobras de pano formavam dobras grandes, grandes dobras vazias, que lhe escondiam o sexo. Não tem frio.

Esse homem me fez lembrar o tempo de quando eu estava para entrar na adolescência e meus primos, que tinham, mais ou menos a mesma idade que eu, diziam que se, quando nos tornássemos, definitivamente, homens, se nós ficássemos pegando muito peso, pesos que sobrepujassem nossa capacidade de força, se fizéssemos isso, ficaríamos rendidos.

Por um homem rendido, entendíamos homens que tivessem sacos enormes, longamente caídos, e que não poderiam sustentar seus próprios ovos bem acomodados e presos próximos à raiz do caralho, entre as pernas.

Assim, saco e caralho muito separados, deixavam de ser quase como que apenas um mesmo órgão, assombroso e tão belo, e seriam duas coisas.

Eu ficava fascinado com a ideia de ver sexo assim, como que dividido em dois e, esplendidamente, cheios de pentelhos.

Então, ao andar pelas ruas, ficava a esperar ver, no volume que enchia o pano das calças entre as pernas dos homens adultos, sexos que se desenhassem desse modo: em dois.

Homens adultos sempre foram no que eu quis me transformar. Ser fisicamente adulto e ter o sexo maduro entre as pernas, cheio de pêlos. Adolescente, era apenas esse desejo o que me norteava.

O senhor do outro lado do estreito corredor, com suas grandes sobras de pano entre as pernas da calça, fez-me lembrar disso.

Tinha virilidade.

Quando me olhou, na penumbra que se formava no corredor, eram olhos limpos, sem desejo.

Fiquei quieto, não o olhei mais.

Era macho.

Endireitei-me, procurei ajeitar-me.

Na verdade, endireitei-me na mesma posição em que estava. Mamãe quis sair da manta, descobriu-se.

Endireitei-me na posição de sentado, posição possível no ônibus.

E fechei um pouco minhas pernas, embaixo do cobertor.

É que à medida que vão se passando as horas, se estou sentado numa única posição, meu corpo vai relaxando, vai se destensionando, o seu peso vai se redistribuindo, e numa viagem, minha tendência é que eu vá descendo o quadril até à beirada do assento da poltrona com seu espaldar reclinado ao máximo para trás, abrindo as pernas, vou me recostando, recostando, quase até à posição de deitado.

E eu não queria fazer isso.

Mantive minha poltrona num ângulo de 90 graus entre o espaldar e seu assento e ajeitei-me.

Não tinha tomado os remédios do coquetel, portanto, não me sentia exausto, nem enjoado. Não tinha a morte e putrefação de ratazanas em meu estômago.

Vivo, fiquei olhando.

Muitos outros automóveis, na direção oposta a que estávamos indo, vinham com os primeiros faróis acesos. O zunir do motor do ônibus e dos automóveis passando era o nosso silêncio. A cada facho de luz, o joelho de mamãe brilhava na barra embainhada e suspensa do vestido preto.

O joelho de mamãe não parece frágil como o seu rosto. O joelho de mamãe é forte, carnudo, é leitoso. Aparecia mais luminoso e branco a cada faixa de luz de um farol que entrasse ônibus adentro.

Nossas poltronas não eram imediatamente atrás do motorista, mas eram as primeiras da fileira oposta.

Perguntei se os joelhos de mamãe doíam:

- Não, meus joelhos não doem. Meus pés é que incharam um pouco.

Olhei-a com carinho e saindo em parte de meu cobertor, passei meu braço direito por trás de sua cabeça, recosteime nos seus ombros. Ela recostou-se para mim também e, ajeitados nessa posição, ficamos olhando a estrada.

Finalmente, a noite fechou-se sobre a estrada e os faróis, que vinham em nossa direção, tornaram-se mais ofuscantes. O motorista, seu vulto na sombra da cabine, iluminava-se e apagava-se à luz dos faróis. Piscava.

Absolutamente tomado pela direção do ônibus, atento, automático, sexo suculento derramado entre as pernas, cheio de graça, o motorista me excitava.

Salpicada, intensamente salpicada por luzes acesas, surgiu, dos dois lados do asfalto, outra cidade paulista derramada pelo chão, moderna e rica.

O ônibus avançava flutuando entre as luzes.

Trouxe prazer, pra mim, ver que as possibilidades da vida não se esgotam nunca, ver que são infinitas. Naquele momento, assim como aquela situação que eu imaginava ter se criado entre mim e o motorista bonito, assim como ela, milhões de outras situações se estabeleciam entre as outras pessoas e muitas combinações se formavam e geravam outros momentos sucessivos, mesmo dentro de nosso ônibus, e também dentro daquela cidade onde estávamos a passar.

E, ainda, naquela e noutras cidades pelas quais nunca haveríamos de entrar, a vida persistiria e continuaria com suas inúmeras possibilidades e eu pensei que, no ônibus e ali na cidade, mesmo que a morte espreitasse tudo, sempre, como é de conhecimento geral, muitas pessoas estariam felizes, porque a noitinha de sexta-feira começava a ferver suas luzes em torno delas.

Nós, eu e mamãe, seres do futuro que somos, planávamos, seguindo o asfalto, abraçados na primeira dupla de poltronas da nave do ônibus, sem que aquela cidade conseguisse nos imaginar.

Clandestino, eu apreciava a beleza sexual do motorista.

Mamãe não tem sexo!

E na minha imaginação, pelos bairros de beira de estrada por que passávamos, eu sentia o sexo ferver, iluminando tudo.

Estávamos indo para Aparecida do Norte.

A graça da Santa é de muita luz.

É um mistério.

Está num outro plano da vida em que a velocidade do ônibus na estrada não alcança. É um outro tipo de equação matemática a que não temos acesso.

O plano em que estamos é o plano dos mortais, embora cheio de graça e luz.

Nossa Senhora nos olha cheia de melancolia por sermos mortais - pensei.

É possível que tudo sejamos, apenas, nós, com as nossas abstrações, morte e sexo.

Exatamente tal como nos parece ser.

Procurei, na sombra do ônibus, novamente, encontrar os olhos do motorista no retrovisor.

Encontro.

Cheio de vida, o lume de meu coração se acende.

O sexo tem muita luz.

É milagroso, é adorado, é padroeiro!

O ônibus cortava toda a cidade, avançava estrada afora, a lua girava, descia um pouco no céu.

Pela janela, a cidade aos pedaços, seus últimos pedaços de casas e ruas, pontilhados de luz, na beira do asfalto.

Que dinâmico!

- Você acha que Nossa Senhora existe? – perguntei a mamãe.

- Claro que Nossa Senhora existe, meu filho! Se existe Deus, existe também Nossa Senhora que é a mãe de Deus!

Aí, vieram pequenas concentrações de pontos de luz, que ainda passavam pela janela aqui e ali e a cidade ia ficando, totalmente, para trás.

E avançamos estrada afora, noite adentro, na escuridão, noite formada.

A escuridão, em que estamos no ônibus, não se opõe ao meu pensamento e a minha imaginação.

Ao contrário, o meu pensamento e a minha imaginação, que são uma tênue forma de luz, uma sutil energia que estava a me iluminar por dentro, melhor fluíam na penumbra, porque a luz do dia, radiante e forte, a ofuscá-los, esconde-lhes um pouco do vigor.

No escuro, nossa luz interior se expande com mais facilidade e força.

Por causa dessa expansão que as idéias e imaginação conseguem no escuro, é que deixei de escrever à noite para que, então, pudesse melhor avaliar a proporção, o volume de luz ou lucidez uma frase pode tomar e uma ideia possa ter no claro do dia.

Assim também, melhor avalio algum desencontro entre o que eu queira dizer e o que eu disse, pois é comum que o escrito com grande intensidade à noite, pela manhã, para mim, não consiga poder algum de expansão. E, desse jeito, ficam murchos esses meus escritos, sem brilho na manhã, se os escrevi na noite.

Eu e mamãe, sentados nas duas primeiras poltronas do ônibus e na penumbra, estávamos inflados, cheios de luz.

Íamos para Aparecida.

De luz é feita a graça de Nossa Senhora.

Nas primeiras poltronas do ônibus, mamãe e eu, viajávamos cheios de graça.

Lá fora a meia lua cintilava pendurada no final do céu.

- Ah, meu Deus! Se eu sarasse da pressão alta, do meu nervoso, diabetes, nós nunca estamos livres! Engraçado que na minha família não tinha ninguém doente assim... - mamãe desabafou.

Fiquei quieto na penumbra.

Mamãe é, essencialmente, dramática.

De um modo geral, as pessoas são, tradicionalmente, dramáticas.

São românticas.

Eu, que sou um cara apaixonado, sou trágico.

Sou afeito às fatalidades da tragédia e a seu radicalismo.

Algum escritor já disse que a paixão é fêmea. E que o amor, macho.

Filosófico que sou, e fazendo correspondência com isso, concluí que a tragédia seja fêmea e que o drama seja macho.

Daí que viver seja masculino e morrer feminino.

Portanto, foi minha inclinação para a tragédia e para todas as coisas que no mundo sejam inclinadas para o feminino, que me fizeram ter um projeto inconsciente de morte, porque, se ficou alarmante que o vírus HIV, de repente, tivesse se transformado na causa da morte de tanta gente, e se a sua transmissão, e disso eu sempre soube, acontece por intermédio de relações sexuais, de que gosto tanto, porque, então, não me precavi? Por que não usei camisinha?

No entanto, desta feita, com o aparecimento do coquetel de remédios para a Aids, vivo, rendo-me à dramaticidade de mamãe, inclino-me e determino-me na direção do homem, no que já disse, eu estou sempre e cada vez mais, transformando-me.

****

Os remédios deixaram-me a pele tão seca, que essa pele mais fina de meus lábios, de tão seca, vive a esfolar-se, escamando.

Meus pelos das pernas caíram todos e, dos joelhos para cima, ficaram escassos na pele áspera.

Quando reclamei, a médica disse:

- Isso é o de menos.

De outra vez, amedrontado com os efeitos colaterais dos inibidores de protease (o tenebroso Crixivan), que ao impedirem a reprodução dos vírus HIV, redistribuem a gordura do corpo, concentrando-a no tronco, perguntei à médica se meu rosto não estava afinando, se as minhas faces não estariam ficando muito cavadas.

Ela respondeu:

- Sim, um pouco. Mas isto é porque você está envelhecendo. Quantos anos você tem?

- Tenho 36.

- Então?... – e mudou de assunto.

E noutra época, quando desconfiei de que os remédios do coquetel estariam interferindo na minha produção de hormônios masculinos, por isso os pêlos caíam, então, eu já nem mais me importava e não lhe falei nada. Foda-se!

Também pensei que estivessem caindo apenas por debilidade, como no corpo dos velhos.

Estranhamente, solitário, isso me entusiasmava, porque, apesar de ter meus quase quarenta anos, somente agora, afinal, eu sentia-me dono de uma história.

A médica não iria se envolver.

A história era somente minha. Linear e de apenas um fluxo.

Imagino que para ela, era necessário, apenas, que me mantivesse vivo.

- O importante é a vida – é o que mamãe sempre me falou.

O tempo passou, o barco correu e se eu tivesse tido um troço, se um treco qualquer me tivesse acontecido, eu imaginava não ter a cumplicidade de minha médica. Imaginava ter sua cumplicidade apenas se o meu piripaque acontecesse coincidindo com um horário em que pudesse encontrá-la no hospital.

É claro que, hoje, a caminho de Aparecida, transformado, cada vez mais e muito, em homem, não quero mais morrer.

Não sei quanta vida os remédios ainda me darão.

Estou gostando.

Daqui a um tempo, como dizem, com a evolução da medicina, poderá ser que não tenha de engolir as ratazanas.

Fico entusiasmado por ser o que sou.

O sexo me entusiasma.

Aprisionado no cubículo do ônibus que corta a estrada no escuro, sou um vivo.

No começo, pensei que se tivesse conseguido livrar-me do vírus HIV, eu teria tido uma história.

Eu seria um cara com uma história de cura.

De certo modo, apesar das ratazanas, foi o que consegui.

Transformei-me num tipo morto-vivo, um homem rendido ao drama e, mesmo isso, não me tira o entusiasmo.

Acho mesmo que um morto-vivo, para manter-se, precisa de ânimo.

Esse é o drama: o entusiasmo num corpo mortal.

Os gays católicos são uma espécie morta-viva, por não terem um discurso que os legitime.

Deus criou apenas Adão e Eva.

Os outros viemos depois.

Minha apostasia, entretanto, não é capaz de me livrar, em nossa viagem, de seu sentido sagrado.

É uma viagem santa.

E como disse antes, as viagens, porque me tiram o centro de onde levo minha vida cotidiana, são sempre como delírios.

Esse é um delírio santo.

Somos mortais e estamos cheios de luz.

A escuridão nos envolve.

Planamos no escuro.

O que me entusiasma, o que me alegra é o tesão que levo comigo. Esse tesão que me dá a condição de um morto-vivo e tesão que me livra de ser um cara mórbido.

Mamãe, com a mão no joelho, pacífica, sem mais ter pra onde olhar através do vidro da janela, porque a noite é negra lá fora, levanta apenas o indicador de sobre sua rótula. Faz isso, lentamente, e repete o movimento, distraída.

É um gesto que significa estar refletindo satisfatoriamente.

Na penumbra, consigo saber que está feliz.

Pela janela, apenas vultos mais negros das colinas embaixo do céu escuro.

Um pouco mais e chegaremos a Aparecida.

É um sonho.

Ver que mamãe está satisfeita, enche-me o peito de amor, de ternura.

Respeita, absolutamente, Nossa Senhora.

É a mãe de Deus.

É muito emocionante para ela chegar na igreja onde estará a santa de que ouve falar sempre e muito.

Francamente, na sombra do ônibus, seu semblante é o de alguém envaidecido por ser um dos que chegam até Nossa Senhora.

Que seja.

É realmente, um sucesso.

A santa é famosa, é padroeira, é adorada.

Eu era um menino, quando, pela primeira vez, vi Roberto Carlos e a cidade encheu-se de pessoas mais altas que eu. Fiquei espremido na multidão e, vez por outra, num relance, via Roberto Carlos, iluminado, muito longe e pequeno, sem poder lhe apreciar as feições do rosto, sem poder dar algum sentido a sua fisionomia de astro da canção.

Eu sequer pude supor como era o Roberto Carlos, ao vivo.

Mas não me frustrou esse dia em minha cidade, porque entendi que Roberto Carlos era aquilo mesmo, era aquele povo todo no qual eu, pequenino, me espremia dentro, festa na cidade, Roberto Carlos, falo adentrado na redoma da cidade em festa, muitos vendedores ambulantes no caminho da multidão que chegava sempre, gente arrumada, de banho tomado, perfumada, muita emoção.

Quando Roberto subiu no palco, fogos eram lançados aos céus em cascatas estrondosas que explodiam sobre o povo feliz. E mais outros fogos, esses de artifício, ficavam fazendo desenhos no céu, durante aquela noite, em que o rei estava em sua terra natal.

Muita emoção.

As pessoas queriam uma lembrança, por isso marcavam a noite, tentavam fazer dela uma noite em que ninguém se esquecesse, dentre todas as outras noites daquela cidade, até então.

É como, mais ou menos, o que fazem no final do ano, em seu último dia, em que não havendo nada que diferencie a noite de réveillon, das outras noites, fazemos festa.

A cada festa, tenta-se superar a anterior, de modo que o tempo, assim, não se repita.

Que seja único!

Imagino que em torno à santa, a multidão deva comportar-se de modo parecido. Querem vê-la, tocá-la, ter uma lembrança desse dia.

Se a santa não vai reagir, se vai, mesmo assim, manter-se intocada em sua redoma e sequer poderá se mostrar humana debaixo de seu manto de pedra azul, isso não importa.

É aparência.

O importante é que nos deixemos tocar por sua luz, que nos deixemos agir por intermédio de sua graça.

Por isso, assim como não me frustrei no dia em que vi Roberto Carlos pela primeira vez, acho que mamãe não irá se chatear com Nossa Senhora Aparecida, pois que ela é sobre-humana.

É sobre-humana e, cheia de bondade, estende-nos a mão.

****

Mesmo no ônibus frio, mamãe havia tirado os sapatos que lhe incomodavam os pés. Pediu que eu os achasse no chão.

Saí de meu cobertor e dobrando-me sobre os meus próprios joelhos e esticando os braços pelo chão no escuro, procurei-os com as mãos.

- Estão aqui – eu disse.

A noite na estrada aliviou-me um pouco o cansaço, pois que me acendia.

Comecei a me lembrar de meus carrinhos de criança. Dos meus carrinhos de plástico.

E eu me lembrei de que mais gostava, era da Kombi.

Em pequeno, já me fascinava, nos automóveis, a proximidade que, sabia, poderiam me deixar do voo dos pássaros.

Eu queria voar.

Não me interessava pela máquina, propriamente.

Apesar de me admirar com a possibilidade de correr suspenso no carro pela estrada, nunca eu quis saber de sua mecânica de funcionamento. Não me intrigavam os motores, as marchas, a direção. Por consequência, não me interessavam os motoristas.

Eu queria era voar!

Meninos curtem a força que o motorista parece ter frente ao volante. Querem ser um igual. Ter o mesmo poder de evolução estrada afora. Já vi meninos, verdadeiramente, estarrecidos diante de motoristas. Vi meninos ficarem bobos, felizes, cheios de admiração ante suas manobras.

Eu, não.

Ficava, em absoluto, indiferente a seus comandos.

Curtia era a flutuação.

Não me interessei pela direção.

Não que eu tivesse medo.

É que me bastaria planar sobre as coisas. Somente comecei a reparar em motoristas depois que fiquei com as sequelas motoras, devido ao coma, porque, depois disso, comecei a entrar pela porta da frente dos ônibus urbanos a caminho da fisioterapia, da fonoaudiologia, enfim, das terapias a que fui obrigado a me submeter para que, aos poucos, fosse me recuperando.

Então, agradecia-lhes por ter parado a porta dianteira do ônibus à minha frente e agradecia, outra vez, por esperarem que eu descesse devagar no meu ponto de destino.

Antes, quando eu era um cara ágil e desenvolto para entrar e sair dos ônibus e, quando, para viajar pela cidade, eu precisava pagar as passagens, não havia motoristas para mim. Motoristas eram, assim, como ônibus. Eu apenas os pegava e despencava deles em meus pontos de destino, sem atinar em suas existências, a dos motoristas.

Ultimamente, que dependo de seus humores para que viaje em paz, vejo-os.

Alguns motoristas, idiotas, estão sempre de mal-humor.

Outros são legais.

Este, para Aparecida do Norte, envolvido pelo sexo, me anima por dentro, me atiça.

Estou preso no compartimento de passageiros, ao lado de mamãe.

Apesar de tudo, não há o que fazer.

Não há o que olhar.

A escuridão fecha-se em torno de nós.

Os faróis cavam nossa passagem pela estrada, abrem o caminho com sua luz.

Os motoristas das linhas urbanas são muito mais tensos. Têm que parar ponto a ponto e ouvir, o dia inteiro, aquela campanhia irritante que os passageiros acionam puxando a cordinha, quando querem que o ônibus pare.

Os ônibus de viagem fazem dos motoristas pessoas mais caprichadas, menos sujeitas à esculhambação de passageiros entrando e saindo, menos sujeitos ao trânsito de uma cidade e de sua paisagem apertada.

Para mim, o transporte público deveria ser absolutamente gratuito. Fico imaginando que assim como aconteceu com os escravos brasileiros, que foram aos poucos sendo alforriados, até que fosse outorgada a lei de sua libertação total, desde as crianças negras até aos mais velhos, assim também acontecerá com os trabalhadores. Hoje, já se transportam com gratuidade os mais velhos, os deficientes, as crianças e os doentes. Um dia, seremos todos.

Mamãe é alheia a esse tipo de avaliação que faço. Para ela, o mundo é apenas o espaço imediato a seus olhos. Não é uma prisioneira, porque tem memória.

E é movediça.

Platão dizia que o homem que não sabe escrever e não sabe nadar, não é educado. Platão é tido como um grande pensador. Seu pensamento varou o tempo até aos dias de hoje e ele é, assim, como um Jesus, mas o pensamento de Platão não pôde abarcar uma pessoa como é mamãe.

Se Platão tivesse visto mamãe, tivesse, como eu, a oportunidade de ter a vida como é a minha ao lado de mamãe, sem saber nadar e sem saber escrever, não a teria excluído do rol de pessoas educadas.

****

Tínhamos terminado de fazer uma larga curva à direita e já entrávamos noutra, que seguia a reverso da anterior, quando através do vidro da janela de mamãe, na escuridão, surgiu, iluminada, Aparecida.

Víamos a pequena cidade crescer no abismo e, envolvida por toda a extensão da curva por que entrávamos, tinha, em torno a si, um halo de escuridão. A cidade crescia do chão com suas luzes e edifícios e, imediatamente, pela disposição em que nos aparecia, veio-me à cabeça uma antiga cidade medieval, um feudo.

Aparecida surgiu-nos, de perto, vista através da janela de vidro do ônibus, como uma imensa muralha de luzes subindo a encosta.

Iluminada, ela estava como é uma fortaleza, sobre a qual a noite se punha com sua massa escura.

A cidade, distante da estrada, tinha, no céu escuro de pequenas estrelas, entre nós e ela, uma única luz. Uma luz brilhante e forte que víamos caminhar para nós e que, aos poucos, aproximando-se, sumiu sobre o teto do ônibus, que continuou seguindo, firmemente, através da curva e um pouco adiante, desceu a estrada.

Entramos em Aparecida.

A luz brilhante, que havia cruzado o céu sobre nós, surgiu outra vez, baixa na janela.

Era um avião.

- Olha, um avião, filho! – mamãe disse apontando.

O ônibus parou.

Era um cruzamento estreito de ruas que entravam e subiam na cidade, desciam e saíam dela. Pelas ruas muito apertadas a multidão fervia entre as barraquinhas montadas por camelôs.

Uma infinidade de luzes acesas e amareladas dourava tudo e todos com sua tinta resplandecente.

O ônibus seguiu devagar por aquele pedaço e mais na frente, sairia por uma rua mais tranquila a contornar a cidade e a multidão.

Eu disse:

- Vamos descer aqui, mãe!

- Tenho medo de multidão...

- A gente vai devagarzinho, o hotel é logo ali, na outra rua. Nós assistimos à parada e entramos para o hotel, descansar... - no telefonema para reservar o hotel, eu havia me informado minuciosamente sobre sua localização e reconhecia na cidade, o que me havia sido explicado pelo telefone.

- Tá bom, então. Vamos – pegamos as nossas coisas, calcei-lhe o sapatinho e descemos.

Algumas pessoas continuaram sentadas no ônibus, agasalhadas, mas muitas outras se decidiram por descer conosco para logo se perderem em meio às ruas estreitas e lotadas de gente.

Cheio de poltronas vazias e com seu motorista lindo, o ônibus ainda seguiu devagar perto de nós e escapando daquelas ruas cheias de camelôs e gente em festa, seguiu mais rápido e contornou a cidade por uma outra rua que se afastava e que, àquela hora, estava quase abandonada, como que murcha, sem a luz dourada das lâmpadas que pintava a multidão e a cidade festiva.

Por nós, eu e mamãe em meio às outras pessoas e, à medida que entrávamos mais pelo beco estreito em que se tornou a rua com a presença de tantos camelôs, passava gente fantasiada, crianças e adultos, como se estivéssemos em pleno carnaval. As pessoas se fantasiavam e, necessariamente, não fariam parte da parada. Estavam apenas festejando.

Além das pessoas que vinham enfeitadas com lembranças do mar, muitas famílias, por influência da religião católica, e porque, afinal, estávamos em Aparecida, muitas famílias traziam seus filhos menores vestidos como anjinhos, com túnicas acetinadas em cores lustrosas e brandas, como cores de nuvens.

Os anjinhos, de auréolas e asinhas cheias de penugem, passavam nos colos dos pais ou de mãos dadas com eles, seguiam pela festa, inocentes, olhando pra tudo.

Veio um homem, engraçadamente, fazendo-se passar por uma lula. Ele tinha uma espécie de turbante na cabeça, de onde saíam vários fios muito grossos e brancos a exemplo das muitas pernas de uma lula. Os olhos dela, ele, artificialmente, os projetou um pouco mais à frente do rosto por meio de outros olhos de plástico, presos num arame e além de seus próprios olhos.

Esse homem passou por nós muito sério e rápido e, na direção da muvuca da festa, sumiu.

Como ele, havia outros caras fantasiados e, com um pouco mais de tempo na multidão, as fantasias por que passávamos não nos surpreendiam mais.

Entramos no desvario da festa, felizes.

Nós teríamos de subir em meio à multidão, só mais um pouco, uma ou duas ruas mais acima, onde estava o nosso hotel e onde passaria a parada.

Eu levava nossas coisas numa mochila enganchada aos ombros e colada às minhas costas. E minha mãe com sua bolsinha de mão, preta, olhava avidamente para tudo que era vendido à beira de nosso caminho.

Íamos de braços dados, sem pressa alguma, junto ao povo. Comparada ao frio do ônibus, a noite estava apenas fresca.

Estávamos muito felizes e animados por, finalmente, estarmos na Aparecida em festa.

Começamos a ouvir, à distância, a música que vinha da parada, com sua banda marcial.

Íamos devagar, quase parando.

Eu estava louco para ver os contorcionismos da baliza e de seu bailado no chão, frente à banda.

Mamãe quis tirar seu sapatinho e colocar seus chinelos.

Paramos. Fizemos a troca.

Ela colocou seus chinelos de dedo e guardei-lhe os sapatos na mochila em minhas costas. Continuamos devagar, em meio à multidão. Logo entramos por um beco que, apinhado de gente descendo e subindo, ia sair na rua onde passaria a parada e onde estava o hotel que reservei.

No meio do beco, de braços dados, seu chinelo enganchou-se n'alguma pedra, um buraco, não sei, e mamãe, tropeçando, foi tombando, muito rápido, o corpo para frente e, com seu braço enganchado no meu, tentei sustentá-la no ar, antes que batesse no chão, mas a força com que foi caindo, impulsionada pelo tropeço, levou-me também e caímos os dois.

Tombamos forte no chão, machucados.

Ralei minha mão e tive muita dor na articulação do ombro, na tentativa de escorar nosso peso ao cair e mamãe ralou seu joelho, com o que se escorou ao cair.

Um homem, dentre os que passavam, parou para ajudar, solícito. Ouvimos vozes que exclamaram, em torno:

- Oh!

Desde pequeno, eu me lembro, havia esses episódios de alvoroço em torno às quedas de mamãe.

Lembro-me de suas quedas no quintal, estendendo roupa ou na beirada do tanque, de vê-la caída sobre os paralelepípedos da rua em frente à casa, gente alvoroçada a aproximar-se dela tentando levantá-la, gritos, tudo.

E devo confessar:

- Mamãe nunca foi muito boa de equilíbrio, de corpo...

Ficamos os dois muito nervosos e, caída, ela precisou tomar um Frontal, que eu tirei de sua bolsa preta, largada no chão a nosso lado.

A fragilidade de mamãe, com sua velhice, encheu-me o coração de ternura e eu fiquei tão amável, mas tão amável, que o amor fez com que eu, na hora, conseguisse levantá-la do chão sem precisar que o homem, que parou, nos ajudasse.

Mais que isso, minha doçura fez com que mamãe confiasse em minha força e me ajudasse, ela própria, a tirá-la do chão, deixando-a de pé, outra vez.

Agradecemos ao moço que ofereceu ajuda e continuamos a subir devagar no beco, enquanto outras pessoas que haviam parado para nos olhar, retomaram suas direções.

Enfim, chegamos à rua onde passaria a parada e onde estava nosso hotel.

Subimos a escadaria do sobrado e num salão onde estava a recepção e onde também era o lugar de fazer as refeições, a gente se identificou e um rapazinho muito simpático nos atendeu e deu-nos a chave do quarto, que ficava nos fundos.

Ele, dirigindo-se a mim, falou:

- Vou ver para o senhor, se consigo com os hóspedes dos quartos da frente, para que vocês possam assistir à parada da sacada.

- Ah, obrigado! Nós vamos adorar – eu falei com minha voz de retardado e minha mãe também agradeceu com a voz dela.

Ela disse:

- Sim, meu filho. Eu gostaria de beber água, você consegue pra mim? – então ele trouxe um vidro de água e dois copos e colocou sobre uma das mesinhas do refeitório para que nós nos servíssemos. Mamãe bebeu e fomos para o nosso quarto, nos fundos.

Ela tinha ido ao banheiro, eu tinha tomado meu banho e lavado seu joelho com água e sabão, quando o rapaz tocou nossa campainha e avisou que os hóspedes da frente tinham permitido que víssemos a parada de sua sacada.

- É o quarto 3 - ele disse.

Deixamos nossas coisas em nosso quarto, trancadas, e fomos para o quarto da frente do hotel. Passamos pelo refeitório vazio e, entrando por um corredor, apertamos a campainha.

- Está aberto – uma voz de homem gritou lá de dentro.

Abri.

Sentados numa cama de casal muito arrumada e de frente para a porta que eu acabara de abrir, estava um casal terminando de vestir-se. O quarto cheirava a banho tomado e estava abafado, úmido de calor. O homem estava de pijama e chinelos de pano e ela estava de camisola, discreta, tinha em seu colo um lençol que lhe escondia as pernas e os pés.

- Boa noite – eu disse.

- Boa noite – mamãe disse.

- Boa noite – eles responderam em uníssono.

A mulher, um tipo quieto e com os cabelos molhados, tinha seus olhos serrados e murchos, sem movimento algum. Seu rosto tinha a expressão de alguém que possuísse antenas da qual captava os menores sinais para aumentá-los, iluminá-los dentro de si, no cérebro.

O homem, a seu contrário, tinha olhos abertos, mas brancos, sem ver. Era um tipo barulhento e alegre.

Agiu como um camarada de há muito conhecido e como se estivesse a ver tudo, mas sem levantar-se de onde estava. Era um amigo.

Penteando os seus cabelos e ajeitando-se no pijama, disse:

- O rapazinho colocou duas cadeiras para vocês na sacada, podem se chegar e ficar à vontade, viu?

Entramos.

Atravessamos o quarto até à sacada e deixamos os cegos sentados em sua cama de casal. Sentamos nas duas cadeiras que estavam fora, na sacada e, sem compreender ficamos olhando o movimento de pessoas na rua.

A parada já se aproximava.

Logo na abertura, uma faixa, que eu não conseguia ler inteira, na rua estreita, saudava o povo da festa.

E, ao som da banda, vinha o primeiro dos carros alegóricos.

Era puxado por um par de cavalos marciais brancos e lindíssimos, que estavam elegantemente ornamentados com fitas e guirlandas transparentes como água e que, pequeno e estreito para caber na estreiteza da rua, tinha sobre ele a atriz Susana Vieira a representar a sereia.

Ela tinha uma longa cabeleira lisa e negra e um imenso rabo de peixe que se batia numa pedra estilizada, onde ela se recostava sorrindo e acenando simpática.

Os cavalos brancos, com rabos e crinas aparados e penteados, educadíssimos, seguiam sempre no mesmo ritmo e cadência, como se, propositadamente, acompanhassem a banda que todos ouvíamos. Também nesse primeiro carro, altosfalantes reproduziam os guinchos da sereiazinha acompanhado de um coro de vozes humanas, melodiosas e femininas, que lhe davam um pouco mais de verniz.

Cheio de emoção, o povo distribuído pelas sacadas dos prédios, espremidos nos cantos de portas, janelas e estreitas calçadas, gritava e aplaudia, contente a não se caber.

Os mais sensíveis tinham os olhos marejados de lágrimas, como era o nosso caso, o meu e o de mamãe.

Esse carro da sereiazinha tinha inúmeros espelhos a refletir a simpática atriz, em todas as direções e em todos os ângulos.

Compondo ainda o mesmo tema dele e com igual destaque, víamos, a seguir, outros carros, interligados, todos muito curtos e altos, com os pares de cavalos lindos, brancos, à frente, enfeitados, tão lindos que me pareciam vir de outro mundo, em visita a nossa terra, cavalos enormes, metidos nos enfeites, como se eles é quem fossem deuses, puxando os pequenos carros, e onde as outras atrizes, iguais ou menos famosas que Susana Vieira, vinham representando Iemanjás, Oxuns, Nossas Senhoras e ainda atrizes que eram outras deusas que eu não identificava por desconhecê-las, as deusas.

Tudo isso se passava ante nossos olhos sempre ao som muito alegre da banda que viria um pouco mais atrás e aos guinchos agudíssimos, como que metálicos da sereia, que reproduzidos no primeiro dos carros alegóricos, alcançava toda a parada.

Atrás desses, vinha ainda mais um bloco de também pequenos carros alegóricos, igualmente espelhados, e no primeiro deles, o ator Antônio Fagundes vinha representando o deus Netuno.

De um de seus lados, segurava um garfo de três pontas, o tridente, que tinha na igual altura de seu corpo, e o povo, espremido contra os cantinhos das estreitíssimas calçadas da rua que subia, ou o povo mais feliz nas sacadas e janelas dos prédios, soltava fogos que ribombavam no céu e aplaudia e dava gritos à passagem dos deuses.

Esses outros carros, comandados por Netuno e que eram representados pelos atores homens, tinham, todos eles, cavalos marinhos e golfinhos dourados por todas as suas bordas, de todos os lados.

Antônio Fagundes, com sua vasta cabeleira e comprida barba, altivo, sorria como Susana, mostrando os dentes bem tratados, também muito simpático.

A parada ia a subir na rua estreita, lotada de gente espremida na calçadas, pelos cantos, até à velha catedral.

Por essa parte da cidade, em que estava passando a parada, lojas de souvenirs mantiveram-se fechadas e não havia os camelôs.

Outros aviões começaram a surgir no céu.

Deles caíam, esguichando no escuro, fogos de artifício que desenhavam círculos de fogo coloridos, lindos e sucessivos, que eram como ondas de luz, flores de luz, bolas de luz, a se expandirem no céu negro.

Os guinchos da sereiazinha que ainda ouvíamos com o fim da passagem dos carros masculinos, sem que precisássemos um momento, aos poucos, tornaram-se um repuxo de gargalhadas cruéis, que eram esguichadas sobre a multidão festiva, sempre com mais e maior intensidade:

- Ará ará ará ará ará ará ará ará ará... – ela gargalhava ao som emocionante da banda que já se aproximava.

Que alegria!

Que lindo!

Comecei a aplaudir emocionado.

Por fim, a banda parecia querer despontar a nossa vista, com a baliza à frente, quando minha mãe, pegando-me no pulso, de modo firme e cheia de emoção, gritou:

- Filho! Acorda! Chegamos!

****

Ficamos parados, sentados, observando os passageiros, devagar pelo corredor, que já desciam do ônibus. A moça morena, de olhos felizes e inteligentes, saída de sua poltrona, passava por nós e atendia à gargalhada cruel de seu celular, que tocava:

- Ará ará ará ará ará ará ará ará ará....

- Oi, amorzinho – ela disse sorrindo e desceu os degraus para a plataforma da rodoviária.

Fomos os últimos a descer.

Epílogo

Penso que, assim como já disseram haver sons na natureza, cuja frequência meu ouvido humano não capta, meus sonhos, nas duas últimas semanas, desde o meu retorno de Aparecida, ficaram impossíveis de serem contados com as palavras, único meio pelo qual me restaria para comunicá-los.

Ficaram impossibilitados de contar, porque se atreveram a um espaço com textura impossível de ser imaginada com alguma lucidez.

Meu acesso a esse mundo de sonhos irreveláveis e, como consequência, como fossem esquecidos, mortos, foi uma descoberta desses dias em que mamãe não é mais presença física em nossa casa.

Uma camada mais profunda da vida, às vezes, inacessível e sempre incomunicável, por onde imagino devam estar as pessoas que ficaram malucas e por onde, imagino também, ainda devam existir as pessoas já mortas e onde se esquecem os sonhos, deixa-se entrever, muito tênue, esmaecida, por uma série de vínculos que teço entre os vários acontecimentos que se sucederam ou que foram concomitantes ao momento da morte de minha mãezinha.

Eu sei que vislumbrar esses picos coincidentes de vida e sonho, como que os sons saídos do interior mais profundo da noite ou como os sons ouvidos no meio da mata fechada, do mar translúcido ou como os sons pululantes na misteriosa mansidão de uma grande lagoa, e mostrados pra mim, nunca sejam dados objetivos e confiáveis, mas me distraio e me alívio um pouco, em observá-los e dar-lhes o meu sentido.

A morte de mamãe foi, ao mesmo tempo, um acontecimento terrível, confuso, maravilhoso.

Tão logo me tornei um homem adulto, minha sensibilidade e gosto por desbravar as coisas lindas da vida, fizeram com que eu transformasse, por exemplo, um pôr de sol com nuvens sobre o mar, em algo de tão maravilhoso e lindo, com as suas cores a se desbotar para o cair da noite, em algo insuportável e medonho. Meu coração se deixava abismar ante o espetáculo tão belo e puro e leve do sol no horizonte sobre o mar.

De tal modo eu me abismava que a beira da praia não segurava meu corpo miúdo. E minha delícia ia se tornando meu terror. Naquela época os anoiteceres eram tão belos que me apavoravam e eu ficava cheio de medo.

Havia no pôr de sol uma beleza que tornava meu peito assombrado de claustrofobia. Vinha-me uma percepção inexplicável, confusa, de que o céu, naquela hora, com a sua beleza multicor, fechava-se ameaçador sobre a minha cabeça. Era a prisão total. Como se eu estivesse aprisionado num pulmão de aço colorido. Não tinha escape. E isso me desesperava. Eu sentia que não havia pra onde eu ir, nem o que fazer para que eu me aliviasse do perigo.

Na vez em que mamãe morreu, aconteceu comigo, o reverso, o contrário disso.

Seu corpo no caixão, sob um fino véu, o corpo frio recoberto de rosas cálidas, brancas, com o rosto que aparecia pra mim, pesado, duro, como se transformado numa máscara para sempre, foi das vezes em que parei para olhar mamãe, assim, como quem olhasse o sol se pôr entre nuvens, o crepúsculo recebendo a noite, uma das vezes em que a vi mais linda.

Sua máscara de morte, com as cores desbotadas e desbotando-se, para entrar no anoitecer, era a imagem mais assombrosamente linda que já experimentei em olhar para minha mãezinha.

Eu fiquei olhando para ela e procurei-lhe as mãos frias sob o véu. Eu sabia que era a minha última oportunidade de pegar por entre seus dedos outra vez. E minha tristeza sem tamanho, uma consciência de ser aquela minha última chance, encantou mamãe. Confusamente, no seu corpo sem mais vida, não havia terror. O fato terrível era a maravilha, como são encantadas as sereias.

Não tenho explicação para essa imagem tão encantadoramente deliciosa do corpo recoberto de rosas de mamãe, do seu rosto sem mais vida e sombrio, sob o véu de filó branco. Tudo apertado nas tábuas estreitas e fundas de seu caixão.

Eu quis olhar bastante e de todos os cantos, de lado, da cabeceira para os pés, dos pés para a cabeceira, rodeei-lhe o frio e perfumado corpo, que cheirava a cipreste e rosas, como um bicho faria a corte a seu par na hora do acasalamento, sei lá, quem sabe eu não a perdesse, quem sabe eu aprisionasse mamãe, não sei, eu fiquei meio maluco, é preciso menos amor e resignação demais para entender e aceitar o fim.

Naquela nossa primeira noite em Aparecida, mamãe não esteve bem. Talvez, tivesse estranhado a cama, ela me disse pela manhã, quando me acompanhou à mesa de café, mas ainda sem apetite, nada comeu. Apenas tomou seu remédio de pressão matutino.

Com muito custo, subimos a ladeira que nos levara à catedral velha e depois, sempre devagar e parando para descansar, após descermos por uma escadaria, dentro de um edifício, devagar, como passeando, passamos pela passarela que nos levava à catedral nova, onde, empedrada em ouro, fica Nossa Senhora de Aparecida, a santa encontrada por pescadores no rio Paraíba do Sul.

Mamãe e eu, apreciando os letreiros dos muitos hotéis espalhados por toda a visão panorâmica da pequena cidade, seguíamos lentamente, embora felizes.

Engoliu-nos, vindos em nossa direção e passando por nós, uma procissão de fiéis, cantando fervorosamente hinos católicos que eu e mamãe desconhecíamos e ela, mais que eu, tinha seus olhos esverdeados marejados de lágrimas.

Os fiéis, homens, mulheres, velhos, crianças, passavam cantando sem olhar e muitos tinham velas acesas que o ar muito parado da cidade ajudava a manter ardendo.

Eu não acredito em Deus. Acredito nas pessoas que amo, naquelas que são boas comigo. E se tem alguém que não me diz a verdade, quando me dou conta da mentira, não acredito mais nela, que deixa de existir pra mim.

Acredito em mamãe, em sua doçura, em seu amor e fragilidade. Nas suas fantasias primitivas, seus breves que me deixou nas gavetas e bolsas, suas simpatias de vidrinhos de arroz espalhados pelos cantos de nossa casa. Acredito na alma dos mortos, e penso que poderia até acreditar em sereias, mas em Deus, não. Não acredito.

Depois que, sempre devagar e amparando mamãe pelas rampas ou degraus, entramos na grande igreja com sua imensidão tanto para o alto, como para a frente da porta por onde nos enfiamos, acreditei ver ou eu imaginava e parecia mesmo existir, no centro da igreja, uma grossa coluna de luz e era nela, eu pensei, que nós e todos os outros fiéis vínhamos nos banhar.

Pensei que aquela poderosa concentração de força de luz que eu imaginava e quase via descer, ou subir, para o céu do centro da igreja, numa correnteza alternada e potente, fosse o resultado da fé de tantos milhares de brasileiros que vieram até aqui em peregrinação e que, após se fortificarem naquela fonte, deixavam nela também seu pouco de energia.

De modo que pensei ser os milagres, as emanações de amor, a glória que sentíamos por estar na igreja, ocasionados pela sedimentação desses fluidos humanos e independentes de Deus.

Mamãe quis ir até o centro de poder, de luz, disse que queria ficar no meio, apontando o lugar, onde fomos muito devagar e nos sentamos.

Àquela hora, não havia muita gente na catedral. Muito poucas pessoas tinham entrado e se recolheram num dos muitos bancos, em oração.

E alguns poucos retardatários saíam para juntar-se à procissão por que passamos na passarela. E um pouco mais para lá, para o canto, um grupo de cinegrafistas com suas câmeras aguardavam conversando baixo.

Senti quando, um pouco atrás de nós, veio vindo a moça do celular que gargalhando, no ônibus, confundiu-se à sereiazinha que sonhei.

Ela sentou-se um pouco adiante, mais para o lado, mas ainda dentro do bloco de luz que nos circundava. Ajoelhou-se. Recostou os cotovelos nas costas do banco da frente e baixou a cabeça para as mãos juntadas à frente do rosto.

Nós estávamos sentados, olhando. Mamãe disse:

- Onde está a santa? – e apontei para a direção distante dela encravada na parede. Mamãe ficou olhando, os olhos fixos, parados, duros. E disse:

- Compre velas pra mim.

Senti vontade de bater minhas mãos uma na outra, na frente do rosto de mamãe, para tirá-la daquela concentração que achei estranha. Mas preferi deixá-la em seu transe e fui comprar as velas. Num dos lados da igreja, havia uma grande loja de souvenirs e velas e saí para comprar.

Voltei com as velas e estava tudo igual. Mamãe dentro do grande centro de luz, olhava para a direção da santa, mas tinha os olhos cegos. E um pouco mais adiante, a moça de olhos felizes orava, ajoelhada, cabeça baixa, sua bolsa sobre o banco.

Num dos cantos distantes da igreja, os cinegrafistas.

Quando me aproximei, minha mãezinha ordenou:

- Me dê sua mão, Luís.

E, no mesmo instante, dos pés de mamãe parece ter se desencadeado um grande fluxo de sangue que lhe correu corpo acima, num espasmo, e por onde aquela onda foi passando, a carne de mamãe se arroxeava, se crispava e ia se fechando, tudo muito rápido, eu vi quando a corrente chegou ao rosto de mamãe deixando-o roxo e fechando-o, após crispar-se, como se mamãe fosse um molusco que tivesse acabado de receber uma vibração externa. Toda a carne de mamãe crispou-se e fechou-se, roxa, e de sua boca borbulhou uma gosma esbranquiçada.

Mamãe não estava mais ali, eu vi. Seu corpo recostou-se, caindo contra o banco. A moça de olhos felizes olhou.

- Chame alguém – eu implorei segurando o corpo de mamãe. A moça correu para os cinegrafistas. Deixou a bolsa sobre o banco.

- Ará ará ará ará ará ará ará ará ará ará ará... - o celular na bolsa disparou e sua gargalhada foi se intensificando dentro do centro de luz.

- Mãezinha, mãezinha – segurando mamãe, eu pedia para que ela não se fosse, mas ela não estava mais ali.

Foi tudo rápido.

- Ará ará ará ará ará ará ará ará ará ará ará... – a sereiazinha gargalhava em sua ferocidade.

Com a crueldade e agressão com que as entidades nos terreiros de macumba descem para seus cavalos, gargalhando, assim mamãe despediu-se de seu corpo na terra, e eu, cheio de assombro, chocado, que sempre pensara que minha mãezinha fosse do céu, dentro daquela correnteza pesada de luz, me dei conta de que ela é do mar!

Fim

Niterói, Janeiro, 2010.

Este livro foi composto na tipologia
Book Antiqua, em corpo 11,
e impresso em papel pólen 80 g/m^2
1ª Edição - junho de 2012.